Más allá del olvido

Kate Walker

Bianca™

HARLEQUIN™

Editado por HARLEQUIN IBÉRICA, S.A.
Hermosilla, 21
28001 Madrid

© 2007 Kate Walker. Todos los derechos reservados.
MÁS ALLÁ DEL OLVIDO, Nº 1816 - 6.2.08 590
Título original: The Greek Tycoon's Unwilling Wife
Publicada originalmente por Mills & Boon®, Ltd., Londres.

I.S.B.N.: 978-84-671-5796-3
Depósito legal: B-54763-2007
Editor responsable: Luis Pugni
Composición: M.T. Color & Diseño, S.L.
C/. Colquide, 6 - portal 2-3º H, 28230 Las Rozas (Madrid)
Fotomecánica: PREIMPRESIÓN 2000
C/. Algorta, 33. 28019 Madrid
Impresión y encuadernación: LITOGRAFÍA ROSÉS, S.A.
C/. Energía, 11. 08850 Gavá (Barcelona)
Fecha impresion para Argentina: 4.8.08
Distribuidor exclusivo para España: LOGISTA
Distribuidor para México: CODIPLYRSA
Distribuidores para Argentina: interior, BERTRAN, S.A.C. Vélez
Sársfield, 1950. Cap. Fed./ Buenos Aires y Gran Buenos Aires,
VACCARO SÁNCHEZ y Cía, S.A.
Distribuidor para Chile: DISTRIBUIDORA ALFA, S.A.

Capítulo 1

LA CASA estaba como la recordaba. O mejor dicho, como se la había imaginado en sueños, porque la verdad era que había visto muy poco de la casa en el único día que había pasado en ella. El día que debía haber sido el inicio de su luna de miel. El día de su boda.

Llegaron al atardecer, de modo que sólo alcanzó a ver brevemente el enorme y elegante edificio blanco y el agua azul y cristalina de la bahía justo detrás. Pero, al parecer, la imagen se le había quedado grabada en la retina con suficiente nitidez como para imaginarse la casa en sueños con mayor detalle y precisión de lo que podía haber imaginado despierta.

Estaba claro que los ojos de felicidad podían registrar las cosas mucho mejor que la visión nublada y distorsionada por las lágrimas. Había llegado a la pequeña isla, a Villa Aristea, en el punto más alto de su delirante felicidad, y la había abandonado, apenas unas horas más tarde, en la desesperación más profunda.

Ni siquiera había tenido tiempo de deshacer la maleta. Rebecca tembló a pesar del calor del sol en su espalda al recordar la forma en que Andreas, montado en cólera, había agarrado la maleta y la había arrojado por la puerta. Segura de que a ella también la arrojaría detrás de la maleta, no se quedó ni para protestar, sino que salió corriendo, convencida de que sería mejor esperar a que se calmara antes de intentar explicarle la verdad. Al menos tenía la esperanza de que entonces la escucharía. Pero había esperado y esperado, y no parecía que el momento fuera a llegar jamás. Hasta ahora.

–¿Es éste el lugar correcto, *kyria*?

Tras ella, en la empinada y serpenteante carretera, el taxista no paraba de moverse inquieto. Parecía ansioso por volver al pequeño pueblito y ponerse de nuevo a la sombra.

–Oh, sí –le aseguró Rebecca mientras abría su bolso en busca del monedero y revisaba los extraños billetes que había conseguido en una oficina de cambio, intentando encontrar algo que se pareciera a la cantidad del taxímetro–. Sí, es el lugar correcto.

Era imposible no comparar la incomodidad de su viaje con su primera visita a Villa Aristea hacía un año, cuando había volado cómodamente en el avión privado de Andreas hasta Rodas y después en helicóptero sobre el mar hasta aquella isla que era poco más que un punto en el océano. No había tenido que mover un dedo. Todo había sido perfectamente planeado y organizado para terminar un día perfecto y empezar un matrimonio perfecto.

Sólo que no había resultado así. Aquel día había terminado siendo el comienzo de nada, y tan sólo había traído el final de un malogrado matrimonio antes incluso de que empezara. Pero Andreas se había asegurado de que su matrimonio no pudiera disolverse tan fácil y rápidamente.

–No habrá anulación –había dicho fría y duramente, dejando claro que era lo que había tenido en mente todo el rato. Ya no la quería, pero se había asegurado de que no pudiera estar con ninguna otra persona mientras pudiera impedirlo–. Si quieres ser libre, tendrás que pasar por todo el proceso legal.

–¡*Si* quiero ser libre! –repitió Rebecca, cegada por el dolor, y desesperada por irse antes de venirse abajo y permitirle ver su sufrimiento–. No volvería ni aunque te arrastraras sobre cristales rotos para suplicarme que volviera.

Él contestó a su airada protesta con un indiferente gesto de hombros y mirada de desdén.

–Vendrás arrastrándote a pedirme dinero para algo antes incluso de que me dé tiempo a recordarte. Estoy dispuesto a apostar que eso ocurrirá antes incluso de que se acabe el año.

–Jamás… antes moriría.

Andreas también desdeñó aquella airada declaración, como si del molesto zumbido de una mosca se tratara.

–Volverás, no podrás evitarlo. Querrás poner tus codiciosas manos encima de todo lo que puedas antes de que el fin de nuestro matrimonio se haya formalizado.

–*Kyria*…

El taxista seguía dando vueltas, al parecer tratando de conseguir cambio.

–Oh, no… Quédeselo. Quédese el cambio –quizás necesitara al hombre más tarde, pensó. Más pronto que tarde si su entrevista no salía bien, pero en cualquier caso, necesitaba un taxi que la llevara de vuelta al ferry, y aquel hombre parecía gestionar la única compañía de la isla.

Apenas oyó su agradecimiento o el rugir del motor del coche al enfilar la carretera cuesta abajo. Su mirada había vuelto a posarse sobre la enorme puerta de madera tallada frente a ella, y su mente había retrocedido a aquella noche de hacía un año en que había huido de aquel palacio, humillada y sintiéndose como un perro apaleado.

Volverás arrastrándote antes incluso de que me dé tiempo a recordarte… las palabras resonaban una y otra vez en su mente. Efectivamente, había vuelto arrastrándose. En principio, sólo la desesperación podía llevarla a cumplir su predicción y hacer que aquello que se había prometido no hacer jamás se hiciera realidad. Y estaba desesperada, pero no era ésa la razón por la que estaba allí.

Las terribles noticias sobre su sobrina le habían llevado a escribirle una carta a Andreas, esperando recibir la más breve de las respuestas de él, si contestaba. Esperaba… rogaba por que le enviara un cheque que les ayudara a solucionar la terrible situación en que se encontraban, un cheque que le había prometido devolverle aunque fuera lo último que hiciera en su vida. Pero no se había atrevido a esperar nada más.

Desde luego, no había esperado que quisiera verla o hablar con ella. Tener que defender su causa en persona. Claro que, por supuesto, no había sido así. La formal carta de respuesta le llegó casi de inmediato. Le pedía que se reuniera con su abogado para aclarar exactamente por qué necesitaba el dinero y en qué condiciones. Y cuando tuviera los detalles, el señor Petrakos consideraría la petición.

No había terminado de procesar las secas y frías palabras de la hoja escrita a máquina, cuando sonó el teléfono.

—Andreas… —por primera vez en doce meses había pronunciado su nombre, un sonoro susurro en medio del silencio, interrumpido sólo por el zumbido de los insectos entre las flores.

Ni siquiera había sido capaz de mencionarlo nada

más oír la desconocida voz acentuada al otro lado de la línea preguntando por la señora Petrakos. Le había llevado unos segundos incluso recordar que la señora Petrakos era ella. Había vuelto a usar su nombre de soltera tras el abrupto final de su matrimonio, y había intentado borrar de su mente el hecho de que una vez había sido Rebecca Petrakos, aunque sólo por un breve espacio de tiempo.

–¡Vamos, Rebecca, haz algo! –se dijo en voz alta. Se había quedado de pie, parada como una tonta, incapaz de moverse ahora que estaba allí delante.

Había actuado con rapidez una vez que el mensaje telefónico de la asistente personal de Andreas caló en ella. Saber que su marido había tenido un accidente ya era suficientemente preocupante, pero al oír que había sido un accidente de tráfico, se le heló la sangre. Los frenos del coche habían fallado y se había salido de la carretera, chocando contra un árbol. Tenía suerte de estar vivo, aunque estaba seriamente magullado. Y ahora preguntaba por ella.

Al igual que ocurriera en su casa en Inglaterra, aquellas palabras volvieron a ponerla en acción, haciendo que avanzara hacia la puerta, y tirara del tirador de la ornamentada campana que había junto a la misma. Se oyó el eco del timbre en el interior de la casa.

La voz al otro lado de la línea le había dicho que Andreas había estado preguntando por ella. ¿Pensaba que podía volar a Grecia para verlo?

A Becca no le hizo falta pensar. No tenía ninguna duda en su mente, y respondió incluso antes de sopesar si era lo acertado o no. Eso era algo que no le importaba en ese momento. Andreas había sufrido un accidente, estaba herido y preguntaba por ella. Apenas colgó el teléfono, corrió escaleras arriba para hacer las maletas.

Por supuesto, durante el posterior viaje a Grecia había tenido mucho tiempo para pensar. Para repasar una y otra vez la conversación y encontrar miles de razones por las que preocuparse y apurarse.

¿Qué había pasado en el accidente y en qué condiciones había salido Andreas de él? ¿Por qué quería hablar con ella cuando había mantenido un total silencio durante casi un año, sin contacto alguno aparte de la única carta que le había escrito a través de su secretaria?

Pero le había bastado saber que Andreas había preguntado por ella. Y no le iba a dar la espalda.

Estaba tan absorbida en sus pensamientos, que apenas notó que la puerta se abrió, y saltó asombrada al oír una voz de sorpresa.

–¡*Kyria* Petrakos!

Era Medora, el ama de llaves de quien Andreas decía que era lo más parecido a una madre que había tenido. Medora, la única persona con la que había hablado en el horrible día que había pasado en la casa antes de que Andreas la echara de forma tan poco ceremonial. La única persona que había tenido una sonrisa para ella entonces y ahora.

–¡Bienvenida! ¡Entre! El amo se va alegrar tanto de verla.

«¿De verdad?», se preguntó Becca con inquietud. Había iniciado aquel viaje decidida y llena de confianza, pero había perdido parte de ese valor por el camino. ¿Y si todo había sido un terrible error? ¿Y si Andreas no había preguntado por ella, sino por otra persona? ¿Y si…? El corazón se acobardó ante la idea de que Andreas hubiera preguntado por ella, pero por razones nada amistosas. ¿Y si el motivo era intensificar el sufrimiento que le había infligido hacía un año?

–¿*Kyria* Petrakos?

Otra voz, esa vez masculina… la voz del teléfono, interrumpió sus pensamientos, haciendo que se girara y pestañeara para ajustar la visión a la oscuridad del pasillo tras dejar atrás la claridad del sol. Un joven alto y moreno le tendía una mano.

–Me llamo Leander Gazonas. Trabajo para *Kyrie* Petrakos. Fui yo el que la llamó.

El apretón de manos de Leander fue cálido, firme y tranquilizador. Hizo desaparecer algunas de las dudas y temores en la mente de Becca, reemplazándolos por confianza y esperanza.

–Gracias por contactar conmigo. He venido en cuanto he podido.

–¿Le gustaría tomar algo o refrescarse? Medora le enseñará su habitación.

Si habían dispuesto una habitación para ella, no parecía que Andreas fuera a darle la espalda y rechazarla otra vez… al menos por el momento. ¿Pero dónde estaba Andreas? ¿Cómo estaba?

–Si le parece bien, me gustaría ver a mi… –su voz se desvaneció, incapaz de decir *mi marido* en voz alta–. Me gustaría ver al señor Petrakos, si es posible.

Si había algo que ponía en evidencia el ambiguo papel de su presencia allí, era estar de pie en medio del pasillo de la casa del hombre que, al menos legalmente, era su marido, esperando una invitación para entrar, mientras en alguna parte del edificio, Andreas, el hombre al que había prometido amar, honrar y respetar, y que había prometido lo mismo, estaba… ¿Estaba cómo? ¿Por qué la hacían esperar? ¿Qué le había pasado a Andreas? ¿Dónde estaba? Algo en la mirada de Leander hizo que el pánico se apoderara de ella.

–¿Está bien mi marido? ¿Dónde está? ¿Cómo está?

–Por favor, no se disguste, señora Petrakos –era un tono tranquilizador, pero había algo en la expresión de aquel hombre, en su cuidadosa elección de palabras, que la ponía nerviosa. Sin duda algo ocultaba–. Su marido está tan bien como podía esperarse, pero todavía está bajo cuidado médico, así que quizás sería mejor que…

–¡No! No, no sería mejor… ¡quiero verlo ahora!

Becca parpadeó al oír su propia voz, demasiado estridente. No necesitaba el efecto que había causado en la expresión del joven, cuyos músculos faciales se tensaron y cuyos labios se apretaron, revelando que se había pasado de una raya invisible de la que no había sido consciente. No tenía el derecho, la posición en aquella casa para ese tipo de exigencias. No sabía qué órdenes había dado Andreas antes de su accidente, ni después. Ni siquiera sabía si había dado permiso al tal Leander para contactar con ella, o si el joven lo había hecho por propia iniciativa. Y si ése fuera el caso…

–Por favor… –añadió, incapaz de borrar el tono de desesperación de su voz–, ¿puedo ver ahora a mi marido?

Vio la duda reflejada en el rostro que tenía delante, y estuvo a punto de dejarse llevar por la desesperación que la embargaba. Pero entonces, justo cuando estaba debatiéndose entre abrir la boca y suplicar o simplemente abrirse camino a empujones hacia la casa, cuya distribución recordaba a pesar de las breves horas que había pasado allí, Leander reconsideró su postura.

–Bien… si me hace el favor de seguirme…

Nunca sabría lo difícil que le había resultado seguirle el paso al subir la amplia y curvada escalinata y caminar por el pasillo, pensó Becca. En su estado de ansiedad, se moría por echar a correr y llegar a la habitación antes que él. Fue sólo cuando Leander se detuvo delante de una puerta inesperada, que Becca agradeció no haberlo hecho. Al parecer, Andreas había decidido no quedarse en la habitación que solía ser suya cuando ella llegó a la casa la primera vez. La habitación que habrían compartido si su matrimonio no se hubiera roto tan pronto como empezó.

¿Cómo podría haber entrado en la antigua habitación con todos los recuerdos que guardaba? ¿Cómo podría haber soportado el recuerdo del pasado al ver la cama en la que Andreas la había hecho suya, para después rechazarla? Sabía que la destrozaría. Los fuertes latidos de su corazón ya dificultaban suficiente la llegada de aire a sus pulmones, haciendo que se sintiera casi desfallecer. Así pues, no pudo más que sentirse agradecida cuando Leander abrió la puerta de una habitación en la que no había estado nunca.

Las piernas le flaquearon al entrar en la habitación. ¿Qué aspecto tendría Andreas? ¿De qué humor estaría? Había preguntado por ella, sí… pero ¿por qué?

La imagen del rostro moreno y enfurecido de su marido, de sus llameantes ojos negros, y de sus sensuales labios apretados flotaba en sus mente, y eso fue todo lo que vio en los primeros momentos dentro de la habitación. Oscureció su visión, maquillando la realidad del hombre que yacía en la cama.

Pero entonces, parpadeó y vio a Andreas por primera vez desde que le cerrara la puerta en las narices hacía casi doce meses.

Las contusiones fueron lo primero que vio. Contusiones que desfiguraban su suave piel morena, tornándola negra y azul. Tenía los ojos cerrados y una barba de dos días ensombrecía su mandíbula. La impresión de verlo tendido sobre la cama tan quieto y en silencio hizo que sofocara un grito aspirando aire entre los dientes. Tras un breve momento de claridad, lágrimas de horror volvieron a emborronar su visión.

–¡Está inconsciente!

No le importaba que su angustia se reflejara en su voz, que su aprensión la agudizara.

–Dormido –le aseguró Leander–. Estuvo inconsciente por un tiempo, pero los médicos no le dejaron marchar hasta estar seguros de que se estaba curando.

–¿Puedo quedarme con él?

No sabía qué iba a hacer si Leander le negaba el permiso. No creía que las piernas pudieran aguantar el peso de su cuerpo si intentaba caminar para salir de la habitación. Apenas podía ver, y el esfuerzo por contener las lágrimas requería toda su concentración.

–*Kyrie* Petrakos preguntó por mí –se apresuró a añadir al ver que el joven vacilaba–. Prometo que no le despertaré, ni haré nada que pueda molestarle.

Finalmente asintió.

–Efectivamente, preguntó por usted –dijo, indicando una butaca con un movimiento de la mano–. Pero debo advertirle de que el golpe de la cabeza le ha dejado con problemas de memoria. Los médicos piensan que será sólo temporal. Por eso, cuando despierte, puede que se encuentre algo confuso. ¿Quiere que le haga subir una bebida?

–No, estoy bien –le aseguró Becca, ignorando la idea de que una taza de té le vendría bien para el repentino frío que sintió recorriendo sus venas, y para recuperar un poco de fuerzas. Lo que más necesitaba era que la dejaran sola. Necesitaba tiempo para recuperar mentalmente el aliento que la llamada de teléfono, que había vuelto su mundo patas arriba, le había arrebatado.

Cuando Leander abandonó la habitación, sus piernas cedieron ante el cansancio mental y físico, y se dejó caer agradecida sobre la butaca que le había indicado, con la mirada fija en el hombre que yacía sobre la cama.

Había prometido no despertarlo, no alterarlo, pero lo cierto era que él la alteraba a ella con su silencio y quietud. La visión de Andreas, tan alto, fuerte y orgulloso, tumbado tan inerte y pálido en la cama casi superaba lo que podía aguantar.

Pero era aún peor. Se había pasado el último año tratando de convencerse de que aquel hombre había sido una equivocación de la que se arrepentía enormemente, pero que ya había superado. Y una sola mirada al hombre que yacía sobre la cama, al increíble perfil de su moreno rostro, al pecho desnudo cuya piel bronceada mostraba moratones que hacían que se le encogiera el corazón había conseguido sacudir esa creencia. Si lo hubiera visto de pie, si hubiera visto al hombre fuerte que era, al hombre que la había usado para luego echarla de su casa, entonces quizás habría sido diferente. Aquel hombre estaba demasiado callado, era demasiado vulnerable.

Engañosamente vulnerable, le dijo una voz interior. Porque en cualquier otro momento, *vulnerable* no habría sido una palabra que hubiera asociado a Andreas Gregorie Petrakos.

—Le odio —en un desesperado susurro probó a decir la palabra *odio*, sintiéndola extraña. Durante casi un año la había estado usando a diario ligada al nombre de Andreas.

Odio a Andreas Petrakos eran las primeras palabras que había dicho al despertar, y las últimas al acostarse. Habían sustituido a las que había repetido en el breve tiempo que había durado su matrimonio, cuando había susurrado lo mucho que amaba a aquel hombre, temerosa de que al expresar sus pensamientos en voz alta estuviera tentando el destino y arriesgando que la felicidad con la que había soñado se evaporara.

No tendría que haberse molestado por ello, pensó Becca con amargura. A pesar de no haber tentado al destino, Andreas nunca la había amado como ella lo había amado a él. De hecho, el casarse con ella tan sólo había sido un acto de venganza.

El hombre en la cama suspiró, se movió y murmuró algo, atrayendo de nuevo la mirada de Becca hacia su rostro. ¿Habían pestañeado una o dos veces aquellos ojos cerrados, o eran imaginaciones suyas? Tan sólo la idea de que hubiera movido los ojos hizo que a Becca se le acelerara el pulso.

¿Qué haría cuando despertara… cuando empezara a hablar? ¿Y qué pasaba con sus problemas de memoria? ¿Cuánto le habían afectado? Conociendo a Andreas como le conocía, se podía imaginar lo difícil que le resultaría cualquier limitación de sus asombrosas habilidades mentales. Lo detestaría y le irritaría como si fuera una red lanzada sobre un león. Se enfurecería, y Andreas enfurecido era una visión terrorífica.

Pero quizás lo más importante era lo que su problema significaba para ella. ¿Recordaría Andreas que había preguntado por ella? ¿Y qué se le había pasado por la cabeza al hacerlo?

La mano tendida sobre la cama, definitivamente, se había movido al suspirar de nuevo. Tenía una enorme y horrible cicatriz desde la base del dedo anular hasta la muñeca que le rompía el corazón. Becca se mordió el labio para ahogar el gemido que casi se le escapó, y trató de apartar los recuerdos del tacto de su mano sobre su piel.

No iba a permitirse ir por ese camino, que acabaría con ella incluso antes de poder hablar con Andreas. Bastantes problemas tenía ya intentando controlarse ante los amargos recuerdos que la asediaban por el mero hecho de estar en aquella casa. Eran recuerdos agridulces, porque no podía negar que algunos de ellos fueran realmente dulces. Se había sentido tan idílicamente feliz al llegar a la casa. Tan feliz que pensó que el corazón le iba a saltar en mil pedazos.

–O opoios…

No había dudas esa vez. Andreas había murmurado unas palabras… en voz baja y turbia, pero había hablado. Sus ojos seguían cerrados, pero su cabeza se movía sin cesar sobre las almohadas, y trataba de humedecerse los labios con la lengua al tiempo que tragaba saliva.

–O opoios…? –volvió a repetir con voz ronca, como si no la hubiera usado en mucho tiempo.

–Andre… –la voz de Becca fue igualmente ronca y carente de fuerza. Sintió como si se le helara la sangre del cuerpo al oír aquella voz, una vez tan querida, que no oía desde hacía un año–. Señor Petrakos…

Eso abrió sus enormes ojos negros de par en par, e hizo que se volviera hacia ella y frunciera el ceño al intentar enfocar la vista.

¿Qué veía Becca en ellos? Ciertamente no era una bienvenida, pero ¿era ira o rechazo, o…?

–¿Quién…?

Se incorporó, apoyándose en un codo mientras la

miraba fijamente a la cara. La fría mirada de sus profundos ojos negros le advertía de que estaba en apuros.

–Dime –dijo lenta y claramente en inglés–, ¿dónde demonios has estado?

Capítulo 2

DIME, ¿dónde demonios has estado?

Andreas se dio cuenta de que había hablado en inglés, aunque no sabía por qué. Al abrir la boca, las palabras simplemente habían salido en ese idioma sin pensarlo realmente. ¿Qué querría decir eso?

Desde que había salido del coma en que se había sumido tras el accidente, no había nada claro en sus pensamientos. Al principio ni siquiera había podido recordar su propio nombre o dónde vivía, y le había llevado un par de largas e infernales semanas memorizar en su maltrecho cerebro todo lo que le decían.

Había salido despedido del coche violentamente, y se había golpeado la cabeza fuertemente, le habían dicho. Tenía suerte de estar vivo, por lo que un poco de confusión mental y unos cuantos recuerdos borrosos eran de esperar. Pero era el agujero negro que ocupaba el lugar de la mayoría de los recuerdos del último año o así lo que le intranquilizaba. Sin embargo, los médicos también habían tenido respuesta para eso. Le habían asegurado que sus recuerdos volverían a su debido tiempo. Tan sólo tenía que relajarse y esperar. El problema era que nadie le había dicho cuánto tenía que esperar. O qué hacer si no volvían. Lo último que podía hacer era estar relajado.

Y nadie le había dicho cómo responder a ese tipo de situaciones, como despertarse en una habitación junto a una hermosa mujer sentada en la butaca y que estaba observándole. Una hermosa mujer a la que recordaba de antes del agujero de su memoria.

Era de estatura media, por lo que podía ver, de figura curvilínea y delgada bajo el vestido de estampado azul y verde sobre el que llevaba un rebeca de algodón blanco. Tenía el cabello casi tan moreno como el suyo, con un cuidado corte que enmarcaba su rostro acorazonado, resaltando sus altas mejillas y la curva de sus suaves labios. Pero a diferencia de sus negros ojos, los de ella eran de un suave azul pálido, el color del mar de la bahía en un día frío y oscuro.

–Eres Rebecca, ¿no? –dijo al ver que la mujer no hablaba, sino que simplemente lo observaba con enormes ojos de asombro.

–Sí, soy… soy Becca… Rebecca.

Las palabras eran en inglés, y el acento también parecía ir con la suave voz titubeante. Había hecho lo correcto al hablarle en inglés. Ni siquiera sabía por qué en inglés, simplemente le había parecido lo apropiado al ver el rostro de aquella mujer. Una mujer que, tenía que reconocer, había despertado su interés por primera vez desde que había recuperado la consciencia para despertar en un mundo del revés. Al menos todavía era capaz de reconocer un rostro hermoso, pensó con amargura, sintiendo el impulso del deseo en su interior, evidencia de que, independientemente de lo que andaba mal con su cabeza, su lado varonil seguía funcionando.

Y lo mejor era que recordaba a Becca, así que debía pertenecer a su vida desde antes de que se le borrara la memoria. Becca… Rebecca Ainsworth. La mujer a la que había conocido en una fiesta en Londres, y le había dejado tocado desde el primer momento en que le puso los ojos encima. Y la mujer con la que probablemente seguía manteniendo una apasionada relación, si no, no habría aparecido allí de esa manera, ¿no?

–Entonces, ¿por qué has tardado tanto?

La mirada de sorpresa y la expresión de asombro de sus facciones le indicaban, mejor que las palabras, lo agresivo y hostil que había sonado. Había sido el resultado de la repentina y violenta sensación de atracción, que le había dado una idea de cómo debían de haber sido las cosas en la vida que no recordaba.

–Perdona –añadió automáticamente–. No me resulta fácil aceptar que todo el mundo sepa más de mí que yo mismo. Es un alivio ver una cara familiar.

Pero algo en la forma en que lo miraba, un ligero movimiento de cabeza, el destello de cautela en sus ojos, le puso en alerta, haciendo que cerrara la boca. ¿Se había equivocado? ¿Estaba Becca ahí por lo que todavía había entre ellos, o había decidido Leander llamarla para sortear la mal recibida sugerencia del médico de que tuviera una enfermera? En ese caso, la forma en que las explícitas instrucciones de Andreas habían sido ignoradas tan descaradamente no hizo más que aumentar la ira que crecía en su interior.

–Todavía estamos juntos, ¿no? ¿O estás aquí para hacer de la maldita enfermera?

–¿Que si soy…?

Estaba preparada para la incredulidad y la sospecha, pues se habían despedido el uno del otro de una manera tan horrible, que no esperaba que se alegrara verdaderamente de verla, a pesar de haber preguntado por ella.

El último recuerdo que tenía de él era el de él en el umbral de la casa, su casa, viendo cómo ella se marchaba, con expresión pétrea y el sello del rechazo impreso en cada músculo de su tenso cuerpo. Sabía, sin necesidad de mirar atrás, que estaba de brazos cruzados, bloqueando el espacio de la puerta para acabar con toda esperanza de volver a entrar en la casa, por si se le ocurría tan estúpida idea. Pero no lo intentó. Incluso si lo hubiera deseado, sabía que sería una tontería considerarlo. Una mirada a aquellos crueles ojos negros, llenos de odio y furia, había sido suficiente para que sus pies no dejaran de avanzar hacia delante, a pesar de que las lágrimas le cegaban hasta el punto de apenas ser capaz de ver el camino que tenía por delante. Pero incluso sin esa mirada de furia presente, habría jurado no volver jamás.

—Me casé contigo sólo por el sexo, por nada más —había dicho, y de lo más profundo de su ser había nacido un profundo sentimiento de odio hacia Andreas. Un odio que había consumido todo el amor que pensaba que sentía por él, convirtiéndolo en cenizas. Se había aferrado a ese odio, y lo había alimentado recordando una y otra vez lo que había dicho y el hecho de que no la hubiera creído.

Y ese odio, esa furia había sido suficiente para sacarla de allí, para subirse al taxi y marcharse. Sólo cuando el taxi dobló la esquina y estuvo fuera del campo de visión de Andreas, dejó que las amargas lágrimas cayeran.

Pero por su comportamiento, Andreas parecía no recordar todo aquello. Era la única explicación que podía haber. Leander había dicho que se trataba de problemas de memoria y, nerviosa como estaba, no había pensado en preguntar por los detalles. Ahora parecía que tenía que hacer frente al hecho de que para Andreas era la mujer que había conocido… ¿qué? ¿Hacía un año? ¿Quince meses? No podía hacer mucho más porque se habían casado tras apenas cuatro meses juntos. Al parecer, aquella boda y los terribles acontecimientos que la siguieron habían sido borrados de su mente. Obviamente, no recordaba nada de su separación ni de las razones para ello. Entonces, ¿cómo debía comportarse ahora?

–¿Y bien? –dijo secamente. Becca había vacilado demasiado. La paciencia nunca había sido una virtud que Andreas Petrakos tuviera en gran estima, y eso no parecía haber cambiado–. ¿Te ha traído Leander para que hagas de la enfermera con la que me habían amenazado?

–¿Crees que tener una enfermera que te cuide es una amenaza? –replicó Becca sin poder reprimir una imperceptible sonrisa.

Claro que Andreas veía la idea de tener una enfermera como un tipo de imposición… una amenaza. Detestaba la idea de necesitar que le cuidaran. Y su orgullo hacía que se opusiera a la posibilidad de que algo así ocurriera.

La mirada que produjo su gracia fue como una puñalada. No por la furia en ella, sino porque había un destello en aquellos profundos ojos negros que indicaba que había captado la sonrisa en sus palabras, la ligera mueca de sus labios.

Era una expresión que le traía recuerdos del pasado que había intentado esconder durante tanto tiempo. Recuerdos de una época en la que había pensado que no podía ser más feliz, en la que había creído que aquel hombre tan impresionante la amaba tanto como ella lo amaba a él. Desde luego, la había decepcionado y desilusionado enormemente.

–Le dije al médico que no necesitaba ninguna enfermera que me estuviera mimando todo el rato.

–Pero no has estado… muy bien –para su desesperación, su voz tembló debido a una punzada en el corazón ante la imagen de su corpulento y musculoso cuerpo lleno de contusiones y magullado por el accidente de coche del que le habían hablado. Mientras ella hablaba, él se movió, incómodo, dejando a la vista más moratones a lo largo de sus costillas y hasta la cintura.

Becca intentó convencerse de que se sentiría igual ante cualquier persona malherida. De que se trataba del sentimiento de compasión normal hacia cualquier malherido, pues no quedaba nada en su corazón para que fuera nada más.

–El hospital pensó que estaba lo suficientemente bien como para mandarme a casa. ¡No necesito más cuidados!

–¿Ni siquiera de alguien que no te mime tanto?

¿Qué estaba haciendo? Prácticamente se acababa de ofrecer para asumir la labor de cuidarlo. Y para colmo, obviamente era lo que Andreas también pensaba.

–¿Dices que nunca me mimarías en exceso?

El inicio de una sonrisa se dibujó en los labios de Andreas e hizo brillar sus profundos ojos negros. No podía ser que estuviera coqueteando con ella, ¿verdad?

El contraste con los ojos ardientes de furia que había visto la última vez, hizo que se moviera incómoda en la butaca.

–No.

Demasiado nerviosa para quedarse quieta, Becca se puso en pie para moverse sin pausa por la habitación, pero se lo pensó mejor y volvió a sentarse de una forma poco natural sobre el brazo de la butaca.

–No... no es lo que estoy diciendo.

–Entonces, ¿qué estás diciendo? –dijo Andreas, siguiéndola con la mirada.

–Que no... –las palabras se desvanecieron, y se humedeció los secos labios tratando de encontrar alguna respuesta.

No conocía a aquel Andreas… o le había conocido una vez, pero tan brevemente, que tenía que hacer esfuerzos para recordarlo. Nunca coqueteó con ella cuando se conocieron. Y luego, había estado tan decidido y centrado en ella, que apenas la había dejado respirar.

Le había parecido imposible que aquel impresionante multimillonario que podía tener todo lo que quisiera en el mundo, y a cualquier mujer dispuesta a perder la cabeza por él, quisiera tener algo que ver con una sencilla y poco impresionante Rebecca Ainsworth.

Pero parecía que era Rebecca Ainsworth a la que recordaba. Aunque no el hecho de que se hubiera convertido en Rebecca Petrakos. No sabía qué decirle sobre lo que había pasado en el tiempo que no podía recordar, pero tenía que haber algo. Si le decía ahora que era su esposa, la esposa a la que había echado de su casa con la airada orden de que jamás se le ocurriera volver, ¿la creería?

Recordaba haber oído que la gente con amnesia olvidaba aquello que no querían recordar. Que podía tratarse de algo tanto fisiológico como psicológico. Y si ése era el caso, ¿la había olvidado Andreas porque no podía soportar recordar que habían estado casados? Pronto recuperaría la memoria y sabría perfectamente quién era. Aun así, no tenía el valor de decirle la verdad y arriesgarse a que la echara de inmediato.

—Andreas, sabes que no soy alguien que mime innecesariamente —fue todo lo que pudo decir.

—Entonces, me alegro de que estés aquí para librarme de alguien que sí lo haga —por el tono de Andreas, era el fin de la discusión.

Becca todavía estaba pensando cómo proceder en

adelante, cuando él se movió incorporándose un poco más sobre las almohadas.

—Ven.

Era puro Andreas, puras órdenes. No podía haber sido más autoritario ni chasqueando los dedos al decirlo. Muy a su pesar, Becca se levantó de la butaca, y vaciló un poco al ver cómo sus puños se cerraban y se aferraban a las sábanas, como si fuera a quitárselas de encima.

—¿Qué haces? —su timbre de voz se elevó al final de la frase, revelando su sobresalto e inquietud. Recordó que Andreas siempre había dormido desnudo con ella, y la idea de que enseñara más cuerpo de lo que ya estaba enseñando, hizo que se le alterara el pulso.

—Tengo que levantarme —dijo, mirándola fijamente a los ojos. No había señal de otra cosa que no fuera sinceridad. Y sus labios no se curvaron en ninguna clase de sonrisa. Cualquier doble sentido o motivo oculto era producto de su propia imaginación e inquietud—. Y como todavía me falta algo de seguridad en las piernas, sería aconsejable que mi enfermera, o sea tú, estuviera cerca por si tuviera problemas.

Al menos llevaba puestos los pantalones del pijama, pensó Becca con alivio al ver las piernas cubiertas por la tela azul marino cuando Andreas retiró las sábanas con un impulso. Pero con su torso y sus brazos descubiertos, ya había más piel al descubierto de lo que a Becca le hubiera gustado.

Parecía que antes del accidente había estado haciendo ejercicio, porque cada centímetro de su torso desnudo estaba terso y en forma, los músculos bien definidos y ni un gramo extra en su cintura. El suave vello negro le recordaba lo mucho que le solía gustar recorrerlo con sus dedos y sentir el contraste con la suavidad de la piel satinada de debajo.

¿Debía ofrecerle la mano para ayudarle? El pulso se le aceleró ante la mera idea del contacto con sus dedos. Después de todos aquellos meses alejada de él, había conseguido convencerse de que su respuesta a la sexualidad masculina de Andreas había sido algún tipo de aberración mental, un breve hechizo de locura que había hecho que dejara de controlar sus propias acciones.

Pero ahora, no había tenido más que volver a encontrarse en su presencia, y la historia volvía a repetirse. Era como si respirara la intoxicante droga de la seducción simplemente compartiendo el mismo espacio. Se sentía instantánea e irresistiblemente atraída hacia él. Acercarse a él sólo consiguió empeorar las cosas. Podía percibir la íntima esencia de su piel, ver cómo la luz del sol brillaba sobre su sedoso pelo negro al mover la cabeza…

–Aquí tienes… –dijo con poca gracia y brusquedad al tenderle un brazo para ofrecerle un apoyo. En el último momento, hizo un movimiento acercando el antebrazo más que la mano hacia él.

–Gracias… creo –el tono de voz de Andreas, ligeramente sarcástico, indicaba que había notado su vacilación y el cuidadoso cambio de postura, cuyas razones interpretó erróneamente–. No estabas bromeando al decir que no tenías intención de andarte con mimos.

–Lo siento… yo…

Lo que estaba a punto de decir se desvaneció al sentir sus fuertes dedos sobre el brazo, el calor de la palma de su mano a través del suave tejido de algodón de su chaqueta. Fue como si una corriente eléctrica le recorriera todo el cuerpo y fundiera sus pensamientos. Y cuando puso todo su peso sobre su brazo para ponerse en pie, se sintió totalmente perdida.

–Andreas…

Su nombre se le escapó sin querer, y ardientes recuerdos que había intentado borrar se proyectaron en su mente. De la nada aparecieron imágenes de la forma en que solía acariciarla, del efecto que el contacto de su mano sobre la suya producía, y de las cosas a las que solía llevar. Sintió un cosquilleo sobre la piel en respuesta a las caricias de su mente, los labios se le secaron anhelantes por sentir los suyos, y un torrente de caliente humedad inundó sus partes más íntimas.

Sin ser consciente de ello, se meció hacia él en un momento de debilidad, deteniéndose sólo cuando el movimiento la llevó tan cerca del esbelto cuerpo de Andreas, que pudo percibir la esencia de su piel, que todavía guardaba el calor de la cama, e inhalar su aroma masculino. El aire acondicionado de la habitación resultó inútil frente al fuego que recorría su cuerpo.

Lo cierto era que una pequeña parte de ella deseaba que Andreas se diera cuenta de quién era, deseaba que los verdaderos hechos salieran a la luz de una vez. Pero al mismo tiempo, le aterrorizaban las repercusiones, tanto personales como de salud. Hasta que no supiera lo que habían dicho sobre su pérdida de memoria, si era temporal o permanente, y lo que los médicos recomendaban, no se atrevería a correr riesgos. Y a nivel personal, en cuanto descubriera quién era, ¿cómo reaccionaría? ¿Dejaría que se quedara, o la echaría de la casa como hizo hacía un año diciendo que, incluso si no la volvía a ver nunca, sería demasiado pronto?

–Becca…

Andreas hacía que su nombre sonara muy diferente a lo que estaba acostumbrada. Al recordarlo diciendo su nombre de esa manera tan especial mientras se recostaba en sus brazos y escuchaba los latidos de su corazón después de hacer el amor apasionadamente, las lágrimas amenazaron con acabar con la compostura que tanto le había costado lograr.

No sabía si su propio corazón latía en respuesta a sus recuerdos, al contacto con su cuerpo o al miedo de las posibles repercusiones si... cuando descubriera lo diferente que era su relación respecto a lo que pensaba que era.

–Becca... –dijo de nuevo.

Sus sentidos, en alerta respecto a todo lo que a él se refería, percibieron el ligero cambio de tono y de acento, la leve aspereza de su voz, que sin palabras indicaba que su humor había cambiado. La curiosidad había dado paso al interés, algo que sólo alguien que le conocía bien podía notar.

Pero Becca conocía ese lado demasiado bien. Era el Andreas que conocía mejor que cualquier otro. El hombre que le había enseñado todo lo que sabía sobre pasión, deseo y, sobre todo, placer. Sabía que cuando su mirada se oscurecía, cuando su voz se volvía áspera de esa manera, era porque estaba excitado ante lo que tenía a la vista.

–An... Andreas... –intentó decir, con voz temblorosa y casi tan seca como la suya.

Él sacudió la cabeza despacio, en silencio, mirando sus labios mientras hablaba.

Y esa mirada también la conocía. Conocía esa forma en que abría ligeramente sus labios y aspiraba aire lenta y pesadamente. Quería besarla. Lo deseaba tanto, que no tenía otra cosa en la cabeza.

Él deseaba besarla a ella, y ella que lo hiciera. Su cuerpo entero ardía desde la punta de los pies hasta la punta de sus cabellos, por lo que apenas sintió el calor de la mano que se aferraba a su brazo. Pero ¿a quién estaría besando? ¿A la mujer a la que había pedido en matrimonio para luego olvidarse de los votos matrimoniales y echarla de casa antes de haber pasado veinticuatro horas de casados? ¿A la mujer a la que no recordaba? ¿O estaría besando a la novia, a la amante que pensaba que era? ¿La mujer a la que no recordaba haber pedido en matrimonio? Y si la besaba, ¿desencadenaría algo en su cerebro en el momento en que sus labios se rozaran, deshaciendo el bloqueo mental que le impedía recordarla?

Andreas siempre despertaba en ella un intenso deseo. Deseaba que la besara. Lo deseaba tanto, que era como si sintiera un atronador estribillo en su cabeza, tan fuerte, que estaba segura de que, si no lo oía, seguro que lo veía en los ojos que no podía apartar de su rostro.

«Bésame, por favor, bésame».

Andreas inhaló aire profundamente, y lo dejó escapar con un suspiro. Tenía la cabeza ligeramente ladeada, y sus ojos negros cubiertos por las espesas pestañas que rozaron brevemente sus mejillas al mirar hacia abajo para mirarla a la cara.

–Precioso… –murmuró con una voz más ronca todavía que antes.

–Yo…

Becca intentó hablar, pero fracasó. Se sentía rodeada por Andreas, por el calor de su cuerpo, la esencia de su piel. A apenas unos centímetros de él, podía ver cómo su pecho se elevaba con cada suspiro, casi podía oír los latidos de su corazón. Era como si el mundo a su alrededor hubiera dejado de existir. Como si sólo existieran ellos dos dentro de la sensual burbuja que habían creado a su alrededor.

Con aquellos ojos negros fijos en ella, hipnotizándola, Andreas levantó una mano y le acarició la sien con el dorso de los dedos, y los deslizó despacio hacia las mejillas, la mandíbula y su barbilla. Cuando los dedos llegaron a los labios entreabiertos, Becca no pudo hacer nada más para contener un gemido en respuesta. La tentación de abrir los labios un poco más, de deslizar la lengua sobre aquellos dedos, de sentir el sabor salado de su piel, de recordar cómo era saborearlo, resultaba casi irresistible. Pero vaciló durante unas décimas de segundo y luchó contra aquel deseo primitivo y carnal que la había embargado de repente, consciente y aterrorizada de lo poco aconsejable e inteligente que era tal acción.

Instantes después, no pudo estar más agradecida por aquella repentina muestra de autocontrol porque, inesperadamente, aquella mano se detuvo y se apartó bruscamente, una cruel sensación de pérdida que hizo que se mordiera el labio para reprimir el grito de sorpresa que casi se le escapó.

–Creo que no –dijo Andreas distante y retrocediendo un paso–. No es una buena idea.

Mientras Becca todavía se recuperaba de su retraimiento, que había tenido el efecto de una bofetada en la cara, él giró sobre sus talones, se alejó y abrió la puerta que daba al baño.

–Necesito una ducha. Bajaré cuando esté listo. Pídele a Leander que te enseñe tu habitación. Ya hablaremos de esto luego.

Se metió en el baño, cerrando la puerta de un golpe detrás de él. Un momento más tarde, Becca oyó el cerrojo… ni que sintiera la urgencia de estar a salvo de… ¿de qué? ¿Realmente pensaba que podría intentar entrar tras él? ¿Qué era tan débil y tonta y estaba tan desesperada como para intentar seguirle y tirarse a sus brazos?

¿Qué había reflejado su rostro al agarrarle por el brazo? ¿Cuánto había revelado? Sabiendo que él no recordaba la verdad sobre su relación, ¿habría sido lo suficientemente tonta como para dejar que su expresión revelara el dolor que le había infligido en una época que no recordaba? ¿O acaso se debía su repentina reacción a que estaba empezando a recordar?

Todo su cuerpo empezó a temblar y sus piernas a fallarle. Débil e incapaz de mantenerse erguida, se dejó caer sobre la cama, cubriéndose el rostro con las manos. Pero el respiro duró poco porque, casi de inmediato, se puso en pie de un salto, incapaz de aguantar el roce de las sábanas aún calientes por el contacto con el cuerpo de Andreas, y con su esencia todavía impresa en ellas.

En sus recuerdos, todavía podía saborear sus besos en los labios tan intensamente como si la acabara de besar ahora mismo. Pero en la boca, la sensación del rechazo tenía un sabor amargo y le recordaba cruelmente cómo se había sentido cuando él la echó de su vida el día de su boda.

«Incluso si no vuelvo a verte nunca, será demasiado tarde». Las palabras se repitieron en su mente, recordándole el dolor y la desilusión que sintió. El mismo dolor y amargura que se arriesgaba a sentir por el mero hecho de estar allí.

–¡Oh, Becca, Becca, que tonta! –se reprendió, alejándose tanto como pudo de la cama. Había caído en su propia trampa y la única forma de salir de ella era admitirle a Andreas lo que acababa de pasar…

–Oh, no… –se le escapó en un susurro ante la idea de enfrentarse a la ira de la que sabía que era capaz su marido si le decía la verdad. Y además, ¿acaso no había leído en alguna parte que era una tontería, e incluso peligroso, decirle a una persona con amnesia la verdad sobre su situación? Estaba prohibido, ¿no? Y desde luego, no iba a arriesgarse a enfrentarse a Andreas sobre algo que él no podía saber si quería saber.

Pero Leander había dicho que había preguntado por ella, ¿no?

Lo cierto era que se sentía tan agotada emocionalmente por todo lo que había ocurrido en las últimas semanas, que hechos aislados empezaban a convertirse en una enorme masa de confusión. Apenas se había recuperado de la cortante y distante respuesta de Andreas a su primera petición antes de la llamada de teléfono sobre el accidente, y tan pronto se había enterado, se había puesto en camino a Grecia, a la pequeña isla que Andreas llamaba casa, y que ella había soñado con que también fuera la suya.

No podía recordar las palabras exactas que le había dicho, pero no estaría allí ahora si Andreas no lo hubiera autorizado. Pero ¿había ocurrido eso antes o después de haber perdido la memoria? ¿Y había preguntado por la amante que pensaba que era, o por la esposa que había rechazado?

Tras la puerta del baño, el sonido del agua de la ducha la devolvió al presente, desviando sus pensamientos a donde menos deseaba que fueran. Le resultaba imposible oír el agua y no pensar en las veces que había compartido con él la ducha. Pensar en el agua cayendo en cascada sobre la bronceada piel del fuerte y estilizado cuerpo de Andreas… recorriendo sus anchos hombros, su estrecha cintura, las tersas curvas de su…

–¡No! –Becca sacudió la cabeza con fuerza. La imagen de sus recuerdos fue suficiente para ponerla en movimiento y empujarla hacia la puerta lo más rápido posible–. No puedo con esto, no puedo hacerlo… –iría en busca de Leander, le explicaría que había habido un error, un terrible error, y se marcharía.

Se alejaría de Andreas como había hecho hacía un año, poniendo tanta distancia de por medio como fuera posible. Saldría corriendo y jamás volvería. Jamás debería haber vuelto a la isla, a aquella casa, al hombre al que había amado tan profunda y desesperadamente. ¿Qué se había apoderado de ella para si quiera pensar que podía hablar con él y persuadirle de que la escuchara, de que la ayudara…?

Casi había llegado a las escaleras, cuando la palabra *ayuda* volvió a sonar en su mente, haciendo que se detuviera en seco, y haciendo que recordara la verdadera razón por la que estaba allí. La razón de la que se había olvidado.

¿Cómo podía haberse olvidado de Macy? Y sobre todo, ¿cómo podía haberse olvidado de la pequeña Daisy? Daisy era sólo un bebé, y su vida, su pequeña y preciada vida, dependía de cómo actuara Becca. Sin su ayuda, moriría. Y Becca había prometido hacer todo lo posible para ayudar.

De pie, con la mano sobre la barandilla de madera de la escalinata, Becca suspiró, se medio volvió y miró hacia la puerta del dormitorio del que acababa de salir aterrorizada.

Lo había prometido, y cumpliría su promesa costara lo que costara. Necesitaba la ayuda de Andreas y la conseguiría al precio que fuera. No tenía elección.

Y si la única manera de quedarse en la casa hasta que Andreas recordara quién era y lo que le había pedido, el dinero que había prometido darle, era pretender ser la amante que pensaba que era, entonces así sería. Interpretaría el papel lo mejor que pudiera, y rogaría por que la memoria de Andreas no tardara mucho en volver. Tenía que hacerlo por el bien de Daisy.

Inhalando un largo y profundo suspiro, puso un pie en un escalón y luego el otro, estirando los hombros y levantando la barbilla al bajar las escaleras.

Capítulo 3

ANDREAS incrementó el caudal y la temperatura del agua, dejando que cayera con fuerza sobre su cabeza, produciendo un ruido atronador que le impedía pensar. Al menos, ésa era su intención. Pero cuando más lo necesitaba, el plan pareció no funcionar.

Quería olvidar los momentos en el dormitorio en que había tocado a Becca. Cuando había deseado hacer mucho más que eso. Mucho más que agarrarle el brazo o acariciarle la suave mejilla. Había deseado tanto besarla. El deseo había llegado a ser hasta doloroso, aumentando el malestar por las dolorosas contusiones. Deseaba tenerla en sus brazos, acariciarla. Había sentido cómo se le aceleraba el pulso. Se había sentido vivo por primera vez en muchos días. Al menos en los días que podía recordar. Los días que habían llenado el espacio vacío en su mente desde que había recobrado la conciencia que el accidente le había arrebatado.

Y por primera vez desde el accidente, se había sentido hombre de nuevo, ardiendo de intenso deseo. Pero un deseo al que no debía dejar vía libre.

—¡Maldita sea! —soltó Andreas, volviendo a cambiar la temperatura del agua, estremeciéndose al sentir el agua helada sobre la cabeza y los hombros. Una larga y fría ducha era lo que necesitaba para calmar el ardor en sus venas, el fuego que amenazaba con acabar con su capacidad para pensar.

Sería una estupidez y una locura responder a todo deseo que sintiera, por intenso y apremiante que fuera. No necesitaba mayores complicaciones en su vida. Bastante complicadas estaban ya las cosas. ¿Acaso no era suficientemente malo el no poder recordar nada de los últimos doce meses? ¿Que todo lo que había aprendido sobre el pasado año y sobre su accidente era lo que le habían contado en el hospital y en la casa desde que había llegado?

Casa. Andreas apagó la ducha completamente y abrió la mampara de cristal para salir sacudiendo la cabeza como un perro rabioso, intentando apartar de su mente otra oleada de pensamientos indeseados que le atormentaba.

Al menos sabía con certeza que aquélla era su casa. Pero desde el momento en que había entrado por la puerta, había tenido la horrorosa sensación de que algo no encajaba. Y esa sensación le había acompañado al recorrer la casa.

No había estado preparado para la ola de desolación que le había invadido al pensar en entrar en el dormitorio principal, así que se dio la vuelta y se dirigió al dormitorio más alejado.

Sacudiendo de nuevo la cabeza, cogió una toalla y empezó a secarse con movimientos bruscos, como si pudiera borrar con ello la frustración que la falta de memoria le producía.

–¡Maldita sea! –un movimiento con la toalla pilló un moratón particularmente oscuro, haciendo que aspirara aire entre los dientes y produjera un silbido. Pero esa punzada de dolor era fácil de apartar de la mente. Se curaría. En una semana más o menos su cuerpo volvería a la normalidad. Pero ¿y su mente? Otra sarta de tacos y palabrotas salieron de sus labios al pensar en ello.

Sin memoria ni conocimiento de lo que había ocurrido en el último año, ¿cómo podía pensar en cualquier tipo de relación con aquella mujer, aunque sólo fuera la relación de tipo físico y carnal por la que sus hambrientos sentidos clamaban? ¿Cómo iba a permitirse tener una vida emocional cuando no sabía nada de la pasada? Había reconocido a Becca y sus sentimientos por ella, pero ¿en qué fase se encontraba esa relación ahora? Ésa era una pregunta que, desde luego, no iba a preguntarle a Leander. Algunas cosas eran demasiado personales incluso para un asistente personal.

Arrojó la toalla y agarró un albornoz negro. Se lo puso y se lo ató fuertemente, ignorando otra protesta de sus doloridas costillas. Agarró el pomo de la puerta con tanta fuerza, que sus nudillos se pusieron blancos.

Becca era demasiada tentación para él en la casa cuando no podía actuar en respuesta a la sensual provocación que ejercía con su sola presencia. El mero recuerdo de cómo había empezado a hervirle la sangre con sólo acariciarle la mejilla fue suficiente para que abriera la puerta de par en par con una fuerza innecesaria.

—Esto no va a funcionar… —las palabras se desvanecieron al ver la habitación vacía y la puerta que daba al pasillo abierta, señal de por dónde se había ido Becca.

Al menos había hecho lo que le había dicho. Estaba tan seguro de que ignoraría sus instrucciones y de que seguiría allí cuando abriera la puerta, esperándole, posiblemente decidida a arroparle en la cama de nuevo…

Una nueva llama de sensualidad recorrió sus nervios ante la idea de que la encantadora morena le arropara en la cama, le tomara la temperatura con la mano sobre la frente, y el pulso, con los dedos sobre su muñeca. De inmediato se le aceleró el latido del corazón, y sintió una punzada de deseo en la parte inferior de su cuerpo.

Si la situación ya era problemática, ¿cómo sería si se quedaba? ¿Qué tipo de descanso y relajación, tal y como le había recomendado el médico, iba a tener con ese tipo de imágenes en su mente? ¿Cómo iba a vivir con ella día tras día cuando su sola presencia despertaba un deseo carnal que apenas podía dominar?

¿Y cómo iba a dejarse llevar por ese deseo cuando no sabía nada de los meses pasados que suponía que habían pasado juntos? Sería mejor que se marchara, al menos hasta que se recuperara un poco.

Decidido, se acercó al armario y sacó una camiseta y vaqueros, y unos calzoncillos de un cajón. Se vistió y se dirigió a las escaleras, bajando descalzo los escalones de madera.

La tarde se acercaba a su fin, y el calor del día había remitido un poco.

Lo primero que le llegó fue la risa de Becca, ligera y alegre. Por un momento, aflojó el paso y se detuvo a dos escalones del final de la escalera para pensar.

¿Qué problema había con que coquetearan un poco? Ambos eran adultos, y ella se sentía tan atraída hacia él como él hacia ella. No se había apartado, no había rechazado su caricia, de hecho, había deseado más. Lo había visto en sus ojos, en la forma en que sus exquisitos labios se habían entreabierto con un débil jadeo. Así que, ¿qué más daba si no podía ofrecerle un futuro? No pensaba que fuera algo que a Becca le preocupara mucho. Si había estado a su lado el pasado año, debía de estar contenta con lo que tenían.

De nuevo oyó su risa, pero esa vez hubo algo irritante en el sonido. Sonaba diferente. ¿Acaso se trataba de un tono de coqueteo?

De repente, sintió como si una nube invadiera su mente. Su humor se oscureció y su cuerpo se tensó en una reacción parecida a la de un perro malhumorado que acabara de ver a un extraño invadir su territorio.

Despacio y en silencio, avanzó un paso por el pasillo.

Desde donde se encontraba podía ver el interior de la habitación, podía ver a Becca sentada frente a la mesa con una copa de alguna bebida de color claro en la mano. Estaba reclinada en la silla, mucho más relajada de lo que parecía haberse sentido antes con él en la habitación de arriba. Su cabello moreno caía en seductor desorden alrededor de su bello y alegre rostro. Se había quitado la chaquetita, que colgaba del respaldo de la silla, con una manga casi tocando el suelo. Sus sorprendentes ojos del color del mar estaban mirando a la persona que estaba sentada al otro lado de la mesa. Y estaba sonriendo.

Esa sonrisa le sacó de quicio. Se sintió dividido entre dos sensaciones opuestas. Por un lado, sintió verdadero placer al ver aquella sonrisa, la forma en que iluminaba su rostro, la forma en que hacía que sus labios se curvaran haciéndolos todavía más atractivos. Y al mismo tiempo, tenía otro sentimiento opuesto. Sin saber de dónde venía, Andreas se sintió repleto de furia y odio, sentimientos que le hicieron cerrar y apretar los puños a ambos lados de su cuerpo y morderse el labio para evitar que saliera esa ira interior.

—Jamás lo había mirado desde ese punto de vista —dijo Becca. Incluso su voz sonaba diferente a como había sonado antes. Era un tono ligero y relajado, y con un toque provocativo–. Pero ahora que me lo has explicado, tiene sentido.

–Claro que lo tiene –dijo una segunda voz masculina y con un fuerte acento que Andreas reconoció de inmediato.

Era la voz de Leander. Leander, su asistente personal. Leander, su joven, moreno y guapo asistente personal.

Una horrible sensación de celos se apoderó de él, borrando todo sentido de racionalidad y esperanza de calma. Su mandíbula se tensó y sus labios se tornaron en una fina línea. Podía sentir aumentar su cólera como la lava de un volcán a punto de explotar e inundar todo de fuego.

Otro paso más hacia delante, y pudo ver toda la habitación. Pudo ver a Leander apoyado en la pared con las piernas cruzadas a la altura de los tobillos, sonriendo, y con una copa en la mano.

–Nunca intentes discutir sobre leyendas griegas con un griego –dijo el joven, columpiando la copa en el aire y con una sonrisa que a Andreas le pareció íntima y cómplice.

–No lo haré –dijo Becca, y la sonrisa que le dedicó a Leander fue una puñalada para Andreas.

Sintió cómo la cabeza empezaba a retumbarle y la respiración se volvía irregular. No sabía de dónde venía esa rabia, pero supuso que era como debía de sentirse. ¿No era por eso por lo que había pensado que Becca debía marcharse? ¿Por qué sería un problema si se quedara?

Ya no pudo soportarlo más. Con una zancada entró en la habitación, centrando su atención totalmente en Becca. Vio cómo se giró con enormes ojos llenos de confusión… ¿y culpa? Desde luego, su rostro se puso lo suficientemente pálido como para parecerlo.

–Vale, ya está –dijo, viendo cómo parpadeaba y bajaba la mirada y la escondía tras sus largas pestañas por un momento en respuesta a su aparición–. Es hora de que te marches, de que salgas de aquí… ahora –añadió con énfasis al ver que Becca no reaccionaba, limitándose a mirarlo sorprendida, como si no pudiera creer lo que estaba oyendo.

–Pero…

–Andreas… –Leander intentó intervenir, pero Andreas le ignoró y dirigió sus palabras directamente a Becca.

–¿Has oído lo que he dicho?

–Oh, lo he oído muy bien… –Becca hizo un esfuerzo por controlar su voz. Su corazón le había dado un tumbo tan grande al entrar Andreas en la habitación, que casi perdió el conocimiento de la sorpresa. Una vez recuperada, otra marea de emociones la recorrió, siendo la principal una sensación de pánico absoluto.

¿Qué estaba pasando? ¿Por qué se estaba comportando Andreas de ese modo? Hacía un momento, en su dormitorio, había estado distante pero educado. Ahora parecía airado. Sus bellas facciones formaban una máscara de hostilidad y rechazo, que hizo que el corazón de Becca palpitara de forma galopante y que su cabeza le diera vueltas.

¿Acaso había recordado lo que había ocurrido? ¿Había hecho algo que la había delatado, haciendo que Andreas recordara la verdadera situación entre ellos y que bajara dispuesto a descargar su ira sobre la esposa a la que había rechazado tan brutalmente, hacía casi doce meses, y a echarla de su casa de nuevo?

–Pero si acabo de deshacer las maletas.

–Pues hazlas otra vez –le dijo con la mirada fija en su cara de confusión y consternación.

Becca conocía ese carácter, y lo temía. Cuando se ponía así, no había manera de hacerle cambiar de opinión. Los recuerdos de casi las mismas palabras pronunciadas hacía un año resurgieron amenazando con quitarle toda la fuerza emocional de golpe.

Por fin, la neblina de su mente se disipó lo suficiente como para poder ver a Andreas claramente. Llevaba una camiseta blanca de algodón suelta, que caía suavemente sobre su cinturón y sus estrechas caderas. El fino algodón blanco contrastaba enormemente con la dureza de sus músculos y el moreno de tonos dorados de su piel. Los vaqueros estaban tan desgastados, que habían empezado a romperse en algunas partes, y se ajustaban sensualmente a sus largas y musculosas piernas. Los bajos deshilachados caían sobre sus largos y estrechos pies. Tenía más el aspecto de un poco sofisticado y domesticado pastor griego o pescador que de un poderoso multimillonario. Y cuando estaba vestido tan sencilla e informalmente, era su potencia física lo que más resaltaba a ojos de Becca, y despertaba el lado más básico y primitivo de su naturaleza femenina.

–Haz tus maletas y vete.

–Pero dijiste que…

–Ya sé lo que dije, y he cambiado de opinión. No necesito ninguna mujer en mi vida, y desde luego no necesito a una que vaya a pasarse el rato coqueteando con el resto del personal.

Coqueteando. Bueno, al menos había un indicio de esperanza de que no todo estaba perdido. Había mencionado la palabra coquetear, así que al parecer los celos eran el problema, en cuyo caso el juego no había llegado a su fin. A lo mejor todavía había una posibilidad de que no hubiera descubierto la verdad sobre quién era ella.

Hubiera sido una amarga ironía si lo hubiera hecho. Tras el momento de debilidad en que había salido corriendo del dormitorio en un ataque de pánico, había conseguido controlarse. Había sido el recuerdo de Daisy, del pequeño cuerpecillo que yacía entubado en la incubadora de un hospital el que la había ayudado a recuperar el control. Todavía podía oír la voz del médico en su mente, dándoles la terrible noticia.

Daisy estaba desesperadamente enferma. Para vivir necesitaba una operación que era tan novedosa y estaba en una fase tan experimental, que sólo un cirujano estadounidense la había llevado a cabo con éxito. Si pudieran conseguir el dinero…

Becca se estremeció al recordar la profunda sensación de desesperación que ella y Macy sintieron en aquel momento. Sólo había una salida.

La situación apremiante de Daisy era lo que le había llevado a comunicarse con Andreas en primer lugar. Estaba segura de que, por mucho que la odiara a ella, su ex no podría darle la espalda a la pequeña. Si tan sólo pudiera quedarse allí el tiempo suficiente hasta que recuperara la memoria para poder pedirle ayuda. Había sido la imagen de la pequeña la que le había hecho erguirse y bajar las escaleras corriendo con una nueva determinación por conseguir lo que quería. Le había dado incluso el valor de contarle a Leander una versión de la verdad. Que, puesto que Andreas había preguntado por ella, estaba allí para cuidarle.

Para su sorpresa y alegría, Leander no sólo había apoyado la idea, sino que había ido directamente al teléfono para decirle a la agencia que la enfermera que habían pedido ya no era necesaria.

–Al fin y al cabo, ¿quién mejor para cuidar de un hombre que su esposa?

Becca decidió que Leander tenía una fuerte vena sentimental. Pero como no se habían conocido mientras ella había formado parte de la vida de su jefe, Leander no sabía que eso era lo que menos sentía Andreas hacia ella. Y ella no le iba a desilusionar. Tener a Leander de su lado era más de lo que podía esperar, y ese pequeño gesto de apoyo hizo que sintiera que podía quedarse. Que podía con aquello y que podía tener esperanzas de salvar a Daisy. Incluso había empezado a relajarse un poco.

Pero eso había sido antes de que Andreas apareciera todo estirado, con el ceño fruncido y fuego en los ojos, y le ordenara que hiciera las maletas y se marchara, destrozando todas sus esperanzas en un instante.

–No estaba coqueteando –de alguna manera consiguió controlar su voz y hacer que sonara tranquila y sólo un poco indignada. Tenía que evitar reflejar el dolor de los últimos once meses en su voz. Eso sin duda la delataría.

–¿Ah, no? –dijo, levantando una ceja y haciendo con ello que Becca perdiera un poco de su confianza. Pero no podía dejar que le afectara. Por el bien de Daisy tenía que ser fuerte, por el bien de Daisy tenía que asegurarse de poder quedarse allí.

–¡No!

Su énfasis llamó la atención de Andreas, consiguiendo que sus ojos se agrandaran por un momento antes de que sus hermosas facciones volvieran a recuperar su expresión de cínico escepticismo.

–¿Puedo recordarte que fuiste tú el que me dijo que bajara…? –dijo con tono ofendido. Estaba claro que no esperaba su indignación, y se quedó sorprendido–. El que… el que me dijo que no querías mimos.

Eso le ganó un pequeño gesto de reconocimiento del hombre que tenía enfrente. No llegó a ser un asentimiento, eso habría sido demasiada concesión, pero ladeó la cabeza ligeramente, y algo que podía ser respeto brilló en sus ojos.

–*Kyrie* Petrakos…

Leander habló, insertando sus palabras con cuidado en medio del tenso silencio que se había impuesto. Dijo algo en griego rápidamente y, a juicio de Becca, bastante nervioso. Obviamente sentía peligrar su trabajo… ¿seguiría apoyándola?

La respuesta de Andreas, en el mismo idioma, fue cortante y desdeñosa. La repitió al ver que el joven vacilaba, incómodo e inseguro.

–Está bien, Leander –dijo Becca, volviéndose hacia él para tranquilizarlo–. No te preocupes por mí.

Por el rabillo del ojo pudo ver a Andreas girar de golpe la cabeza, y pudo sentir el fuego de su mirada sobre ella. También vio el reflejo de su furiosa mirada en la cara de preocupación de Leander. Pero Becca forzó una sonrisa, simulando una serenidad que no sentía.

–De verdad… no es tu problema.

Mientras veía salir a Leander de la habitación, el silencio tras ella pareció hacerse más siniestro y opresivo, y Becca contuvo el aire al cerrarse la puerta, esperando la inevitable explosión que seguramente había provocado su respuesta.

Capítulo 4

PARA su asombro, no llegó. En su lugar, hubo un débil y suave sonido. El sonido del suspiro de Andreas en un intento por controlarse.

–¿Quién te ha puesto a ti al mando? –dijo cínicamente–. ¿Quién te ha dado permiso para dar órdenes a mis empleados?

–Yo no le he dado ninguna orden.

Becca contuvo la respiración, intentando igualar su fría moderación, al tiempo que se daba la vuelta para mirarle a la cara. No iba a dejar que su imponente estatura y la arrogancia de su expresión facial o la frialdad de sus ojos la intimidaran. Si lo hacía, entonces él ganaría. Sabía que Andreas jamás había perdido ese tipo de batalla en su vida. No había conseguido triplicar la fortuna familiar en treinta y tres años por ser un pelele de nadie, y menos todavía de una mujer. Pero Becca tenía que conseguir salir airosa de aquella situación, tenía que ganarse el permiso para quedarse. Las repercusiones para Daisy si no lo hacía serían terribles. No iba a permitirse ni imaginar la posibilidad de una derrota.

–Ya le habías dicho tú que se marchara. Yo sólo me aseguraba de que no se sentía obligado a quedarse para protegerme.

–¿Entiendes griego?

Por un momento Andreas pareció tan sorprendido, que Becca se permitió una pequeña sonrisa incipiente.

Típico hombre… típico hombre griego, pensó. Se había hecho su propia composición y luego se había quedado sorprendido al descubrir que su hipótesis no era tan perfecta como pensaba.

–No necesito conocer cada palabra que has dicho para saber lo que has querido decir –señaló–. Dime, ¿siempre tienes que dar órdenes a todo el mundo como si fueran tus perritos?

–Leander valora su trabajo demasiado para hacer cualquier estupidez.

–Leander sabe que estás de un humor pésimo y dispuesto a arrancarle la cabeza si no hace lo que le dices. ¿No pensarías que estaba coqueteando con él? Debes saber que…

¡No! Becca se detuvo, poniendo mentalmente los frenos a las delatadoras palabras que casi se le escaparon. ¿De verdad iba a decirle a Andreas que debía saber que cuando estaba en una habitación, o cerca de ella, ningún otro hombre tenía posibilidades? ¿Qué al lado de su incandescente sexualidad masculina cualquier otro hombre en cientos de metros a la redonda palidecía?

–¿Que tengo que saber qué? –preguntó Andreas cuando ella se mordió la lengua. Entrecerró sus brillantes ojos negros, mirándola calculadoramente. Y para horror de Becca, se sonrojó.

–Que estoy contigo –consiguió decir.

Su voz ganó fuerza al recordar sus pensamientos de hacía unos instantes, que expresó con palabras para salir del agujero que ella misma había cavado. Su amante probablemente se reiría de la exagerada reacción de Andreas.

–Aunque no quieras a alguien te dé mimos, si vas a estar despidiendo a tus empleados así, necesitas a alguien que no te quite el ojo de encima.

–¿Y a ti no te importa hacerlo?

–Por supuesto que no.

¿Quería decir con esa pregunta que lo estaba recon-siderando? ¿Qué iba a dejar que se quedara? Tras la es-palda, cruzó los dedos. No sabía qué haría si Andreas insistiera en que se marchara.

–Deberías sentarte –Becca señaló con un gesto la silla más próxima, maldiciendo la forma en que sus dedos parecían temblar ante el escrutinio de aquellos ojos fríos–. ¿Te gustaría beber algo? ¿Agua? ¿Café?

–¿Vino?

La mirada provocativa de sus ojos negros le decía que la estaba poniendo a prueba, pero la obedeció y se dirigió hacia la silla que le había indicado.

–Acabas de salir del hospital tras un horrible acci-dente. ¿Crees que beber vino es una buena idea? ¿Qué tal si piensas en alguna otra cosa?

–Lo haría, pero seguro que también me lo prohibi-rías –dijo, pero Becca vio que se sentó en la silla que le había indicado.

Se sentó con aparente facilidad y se reclinó, esti-rando sus largas piernas y cruzándolas a la altura de los tobillos. Aparentaba estar simplemente relaján-dose, pero había una ligera tensión en sus labios y una sombra en la barbilla que le recordaba que todavía es-taba convaleciente. Empujando su propia silla, Becca se puso en pie.

–Entonces te traeré algo de agua.

–Si eso es todo lo que me ofreces…

La respuesta de Andreas hizo que Becca se detu-viera por un momento a medio camino hacia la cocina antes de seguir. ¿Había oído correctamente? ¿Era aque-lla nota en su voz lo que pensaba que había sido? ¿Era posible que Andreas estuviera flirteando con ella?

Se dio cuenta de lo que había pasado. Había tomado el mismo camino en la conversación que habría tomado cuando estaban juntos, y se había desatado una discusión. Ella se había defendido, negándose a ceder ante su ira, y luego había cambiado de tema, y Andreas la había seguido. Como solía hacer cuando todavía estaban juntos, se había dejado llevar de un estado de ánimo a otro totalmente diferente.

Pero ¿era el nuevo estado de ánimo mejor que el anterior? Desde luego, una cosa sí sabía, y era que para hacer que Andreas revelara algo que estaba decidido a ocultar, había que retarle. Y aunque no recordara su vida anterior, seguía siendo Andreas, ¿no? Tenía que saber cuál era su posición y creía saber cómo hacerlo.

—Agua… —le dijo con firmeza, esperando sonar más segura de sí misma de lo que realmente estaba de camino a la cocina.

No necesitaba beber nada… bueno, al menos no necesitaba beber agua, pensó Andreas mientras Becca se dirigía a la cocina, rebuscaba y encontraba una botella de agua en el frigorífico. Pero si ella quería darle agua, dejaría que lo hiciera. Cualquier cosa con tal de poder observarla y disfrutar del balanceo de sus caderas bajo aquel delicado vestido azul, del suave movimiento de sus senos al agacharse para mirar en el frigorífico, y de los precisos movimientos de sus suaves manos al abrir la botella de agua.

Lo cierto era que le encantaba verla por la casa, cuidándole. Incluso estaba disfrutando de la repentina reacción de su cuerpo a su presencia. El insistente clamor de sus sentidos al observarla podía resultar frustrante e incómodo, pero al menos se sentía vivo de una forma que no había sentido desde el accidente. Ella era mucho más atractiva que Leander o Medora, su leal, y ya de cierta edad, ama de llaves. Puede que Medora fuera lo más cercano a una madre que había tenido, pero no era un placer mirarla como lo era la mujer que tenía enfrente. Aquella preciosa y atractiva mujer a la que deseaba más que...

Maldita sea, ¿cómo iba a decir que la deseaba más que nunca cuando sólo recordaba una pequeña parte del tiempo que habían pasado juntos? Las primeras semanas después de conocerse. Y el recuerdo más vivo que tenía de entonces era el de desear tener a aquella mujer en su cama, igual que ahora. El deseo era tan intenso, que le hacía comportarse como un tonto.

Andreas suspiró al repasar el modo en que se había comportado, el modo en que había perdido el temperamento al ver a Becca hablando, riendo y coqueteando, según le había parecido, con Leander. La ira le había cegado y le había empujado a actuar sin pensar.

Pero ahora que se había calmado, iba a tener que disculparse con su asistente personal por gruñirle como un perro que estuviera protegiendo celosamente su jugoso hueso.

Andreas hizo una mueca. ¿Celoso? ¿Era así como actuaba cuando estaba celoso? El problema era que no tenía con qué compararlo. No sabía si se había sentido así antes. ¿Había sentido esa clase de furia antes al pensar que alguien tenía algo que él quería? ¿Había arruinado algo bueno por sentirse tan inmensamente airado? Porque Becca podría ser algo bueno. No le hacía falta ninguna referencia del pasado para saberlo. El efecto que tenía sobre él, sobre su cuerpo, sobre sus sentidos en la actualidad era suficiente. Y tampoco necesitaba que nadie le dijera que ésa era la razón por la que se había sentido tan furioso. Porque la deseaba tanto, que el juicio se le había nublado.

Arreglaría lo de Leander al día siguiente. Pero también dejaría claro al joven que debía mantener las distancias con Becca. Becca era suya, y no iba a dejar que nadie interfiriera.

Ya estaba de camino de vuelta de la cocina con un vaso en la mano… y si la imagen trasera había sido buena, la frontal era incluso mejor. La determinación de sus pasos atrajo su atención a aquellas curvilíneas caderas y al movimiento de sus suaves senos bajo el suave algodón. Caminaba con la barbilla alta, y el ardor de su mirada le hizo sonreír ante la atractiva perspectiva de la batalla que se avecinaba.

–Tu agua.

Becca empujó el vaso de agua hacia él con poca delicadeza y ceremonia, y sólo los rápidos reflejos de Andreas impidieron que se derramara.

–Prefiero el agua en el vaso –murmuró secamente, ganándose una esperada mirada de reprobación que hizo brillar aquellos ojos color mar como gemas relucientes. El cliché de que alguien estaba más guapo cuando se enfadaba le rondó la cabeza, pero se lo tragó con un trago de agua, optando por no provocarla más, y murmuró un agradecimiento en su lugar.

–De nada –respondió Becca con un tono de voz que ridiculizaba la educada respuesta de Andreas–. Que la disfrutes.

Fue cuando giró sobre sus talones con un pequeño gesto desdeñoso de la mano que Andreas se dio cuenta de lo que iba a hacer. Sus determinados pasos hacia la puerta confirmaron lo que pensaba, haciendo que contuviera una sonrisa.

–¿Vas a alguna parte?

Ella le dirigió otra de esas miradas por encima del hombro.

–A mi habitación… para hacer las maletas en vista de que has dejado bien claro que no me quieres aquí. Habría sido bastante más fácil si me lo hubieras dicho antes de que deshiciera la maleta.

Él la dejó llegar hasta la puerta, esperando un momento perfectamente calculado, y observando la casi imperceptible vacilación en sus dedos al agarrar el pomo de la puerta… y abrirla con ímpetu.

–Puedes quedarte –dijo tranquilamente, haciendo que Becca se detuviera en seco en medio de la puerta.

Por un segundo, pensó que no le había oído. Tenía un pie delante del otro, listo para dar el siguiente paso. Pero entonces, muy despacio, Becca lo posó sobre el suelo y se quedó quieta.

–¿Qué has dicho? –preguntó sin darse la vuelta, mirando de frente, hacia el oscuro pasillo.

–He dicho que puedes quedarte.

Por un momento, Becca no pudo moverse. No supo lo que pensar, ni cómo pensar. Tenía la extraña sensación de que habían retrocedido en el tiempo, a la época en la que todavía salían juntos, antes de casarse.

Su estrategia había funcionado exactamente como había planeado que ocurriría. Le había seguido la corriente y aparentado que se marchaba, y él, después de dejar que se alejara un poco, la había vuelto a llamar. Iba a dejar que se quedara.

Becca debería sentirse triunfante y feliz. El cambio de opinión de Andreas significaba que podía guardar la esperanza de hablarle de Daisy, sobre el dinero que necesitaba para darle a su sobrina la oportunidad de vivir. Pero sólo sintió un pequeño rayo de triunfo. El resto de sus sentimientos eran tan complicados y confusos, que la dejaron paralizada. Antes de poder hablar con él sobre Daisy, tendría que recuperar la memoria, y la breve perspectiva que había tenido del pasado, hizo que se le partiera el corazón con el pensamiento de cómo serían las cosas cuando recuperara la memoria. La había echado de su casa, de su vida, porque creía que sólo le interesaba el dinero. Pensar en su reacción al descubrir que estaba allí otra vez por dinero, hacía que las piernas le flaquearan.

–¿Becca? ¿Has oído lo que he dicho?

Había vacilado demasiado, levantando las sospechas de Andreas. Por el rabillo del ojo, Becca vio que se había levantado de la silla, y parecía que iba a acercarse a ella.

–Te he oído.

Despacio, se dio la vuelta para mirar a Andreas con el rostro calculadoramente inexpresivo.

–¿Quieres que me quede como tu enfermera o como…? –no pudo encontrar la palabra para expresar la alternativa… amante… compañera… ¿esposa? Así que dejó la frase sin acabar–. Como lo que quieras.

Entonces, con un arrogante gesto de la mano, Andreas desechó la pregunta.

–¡Como mi enfermera, desde luego que no! Ya sabes mi opinión al respecto. ¿Por qué no te quedas como… como mi invitada? Y si piensas que necesitas echarme un ojo y encargarte de mí, puedes hacerlo.

–¿Y qué haría el resto del tiempo?

–Oh, estoy seguro de que podemos pensar en algo.

–¿Como qué? –preguntó Becca, mirándolo con recelo.

El tono en su voz decía que el coqueteo de antes no había desaparecido después de ponerle a prueba haciendo que se marchaba. De hecho, sus instintos en lo que a aquel hombre se refería le decían que la vaga sensualidad de su sonrisa era engañosa en su indolencia. Y por mucho que sus ojos estuvieran resguardados bajo sus pestañas, podía ver lo suficiente como para saber que sus pensamientos no giraban entorno a la idea de que ella le cuidara, al menos en el sentido de los cuidados de una enfermera.

—Como esto —murmuró Andreas con suavidad, y antes de que Becca pudiera darse cuenta de sus planes o de que tuviera tiempo para pensar en algún movimiento evasivo, él había dado varias zancadas, cubriendo la distancia entre ellos en cuestión de décimas de segundo. Esa vez la tomó totalmente de sorpresa—. Como esto —repitió otra vez con voz grave y ronca.

Con una mano bajo la barbilla de Becca, hizo que lo mirara, y tomó posesión de sus labios con un beso que hizo que se detuviera todo proceso mental.

Becca dejó de pensar, sólo podía sentir. Y lo que sentía era calor. El calor de su boca, de su aliento sobre su piel. El calor de sus brazos a su alrededor, el calor de su cuerpo tan cerca del suyo. Sentía cómo le hervía la sangre. Toda ella se derretía, desde los huesos hasta la piel, pasando por los nervios. Así que se dejó caer sobre él, incapaz de sostenerse y mantenerse erguida. Fue gracias a la sujeción que él le proporcionaba que no se colapsó.

—Andreas… —empezó a decir con los labios pegados a los suyos, pero su intento le dio a Andreas la oportunidad que estaba esperando. En el momento en que sus labios se abrieron, Andreas aprovechó la oportunidad y profundizó en el beso con sensual deliberación.

Con pasión, él introdujo la lengua entre sus labios, entrelazándola con la suya en una íntima danza que hizo que sus sentidos casi se desvanecieran y apretara los dedos alrededor de sus brazos.

En esa ocasión no fue la necesidad de apoyo lo que hizo que Becca se pegara tanto a él como pudo, sino puro deseo. Deseo por sentir su cuerpo contra el suyo, la presión de sus huesos contra su pecho, la curva de su pelvis entre sus caderas. Y debido a esa cercanía, era imposible no darse cuenta del abultamiento de su erección, que expresaba deseo y pasión de una forma que las palabras no podían expresar.

Un deseo, una pasión exenta de sentimientos. La vocecilla de la razón se coló en su mente, apagando su ardor de golpe, como si le hubieran echado una jarra de agua fría.

Andreas Petrakos podía separar lo físico de lo mental... al menos de su corazón. ¿No lo había demostrado la primera vez que la había llevado a aquella casa, justo después de casarse? Cuando apenas había podido pararse a cerrar la puerta al entrar. Cuando no había cesado de besarla mientras subían las escaleras y la llevaba a su dormitorio y, sin mirar, le había desabrochado la ropa con brusca rapidez, dejando un reguero de ropa por el camino. Y en aquella habitación le había hecho el amor apasionadamente, despertando un deseo igual de intenso en cada centímetro de su tembloroso cuerpo, enseñándole placeres que jamás había pensado que fueran posibles, llevándola a un nivel de éxtasis que no conocía. Y todo para a continuación devolverla a la realidad unas horas más tarde. Todavía perduraban las cicatrices en su corazón, allí donde su crueldad había golpeado.

Y con los recuerdos, todo en su interior se heló en un instante. El ardor que se había extendido por todo su cuerpo, desapareció tan rápidamente como había llegado, llevándose toda la pasión consigo.

–¿Becca?

Andreas sintió su retraimiento y detuvo sus besos, añadiendo otra terrible sensación a las miles de sensaciones arremolinadas que Becca tenía en la cabeza y en el corazón.

–No… –fue todo lo que pudo decir en un susurro. Un fino hilo de voz que no llegaba a expresar lo que realmente sentía en su interior: la agonía de sentirse perdida, la desesperación de saber que era tan débil, que Andreas no tenía más que tocarla y besarla para que cayera en sus brazos, bajo su control tontamente como una cría que todavía no supiera que el fuego quemaba–. No… –intentó decir de nuevo, logrando que sonara como una palabra esa vez, pero sin demasiada fuerza. Sin llegar a ser la palabra que sonaba en su mente. ¡No, no, no, no!, decía esa voz, alto y claro, y brutalmente honesta.

Esa voz era la voz del pánico. La voz del dolor. La voz de una mujer que había amado a aquel hombre tan desesperadamente, que se había apresurado al matrimonio sin pararse a pensar. Era la voz de una mujer con el corazón roto. La voz de una mujer cuyo amor se había transformado en odio en los oscuros y terribles momentos en que abandonaba la casa, luchando contra sus ganas de darse la vuelta para mirarlo una vez más. Era la voz de la mujer que no podía mostrar a Andreas. Ni ahora, ni nunca, al menos hasta que recuperara su memoria y supiera de nuevo quién era ella exactamente. No hasta que hubiera tenido la oportunidad de hablar con él y pedirle ayuda para salvar a Daisy. E incluso entonces, no dejaría que viera lo que le había hecho. No podía dejar que descubriera lo mucho que le había destrozado la vida.

–¿No?

Por un momento, Becca pensó que era el eco de su

propia voz en su mente. Pero con un sobresalto, se dio cuenta de que era Andreas que, por el tono, exigía explicaciones por su repentino cambio de humor. Una razón por la que había pasado de ser complaciente y entusiasta a pisar los frenos en cuestión de segundos. Ella misma se dio cuenta de cómo podía haber sido interpretado su comportamiento. Podía parecer que o no sabía lo que quería o, peor todavía, que estaba jugando con él y había decidido que era el momento de frenarle los pies.

Capítulo 5

ARRIBA dijiste que era una mala idea.

Mientras miraba a Andreas a la cara, Becca sintió que el corazón se le paraba al verle fruncir el ceño sobre sus brillantes ojos. Ojos que estaban ardiendo de frustración, de rebeldía y negativa a aceptar que tenía que parar. Por un segundo, pensó que iba a discutir con ella, pero entonces, despacio, asintió...

–No es buena idea cuando no sé exactamente quién soy, ni conozco nuestro pasado juntos. Y tú no me lo vas a contar, ¿verdad?

Al menos eso era fácil de responder, a pesar de lo cual Becca no pudo encontrar las palabras. Tan sólo logró sacudir la cabeza en respuesta.

–Lo entiendo. Sé que los médicos han dicho que es mejor esperar a que las cosas vuelvan por sí solas, si es que vuelven. Y eso complica las cosas.

Era posible que estuviera de acuerdo con ella, pero no la soltaba. Y era posible que su voz sonara tranquila y su expresión controlada, pero no había nada de eso en la erección que seguía presionando contra ella. Pero igualmente primitiva fue la reacción de anhelo que provocó en ella la pérdida del ardiente placer, tras haber despertado el roce de la mano de Andreas y la fuerza de su beso cada uno de sus sentidos y cada nervio de su cuerpo.

–Pero sólo en ese sentido –continuó sin dejar de mirar a Becca y sin soltarla. La abrazaba con tanta fuerza, que podía oír los latidos de su corazón junto a la mejilla, replicando su propio pulso acelerado–. Por lo demás, me resulta de lo más natural. Tanto que no quiero que pare… –dijo, acercándose de nuevo a los labios de Becca, pero entonces su voz vaciló y su intensa mirada pareció nublarse.

–Andre… –empezó a decir Becca, y dejó que el resto del nombre desapareciera presa del pánico. Su corazón pareció detenerse un segundo, para después ponerse de nuevo en marcha con gran violencia y ritmo irregular, al cruzar por su mente la causa de su repentina reacción.

¿Estaba recordándola? ¿Estaba empezando a recordar algo de su pasado y sobre el papel que había desempeñado en él? Arriba, en el dormitorio, en el momento en que se había dado cuenta de que quería besarla, antes de que le acariciara la mejilla, había visto el mismo tipo de mirada en su rostro. Su mirada se había desenfocado, como si sus pensamientos no estuvieran en el presente, sino en alguna otra parte en el pasado, en la vida que no podía recordar.

Y eso era lo que ella quería, ¿no? Necesitaba que supiera lo que había pasado entre ellos antes de empezar a tener alguna esperanza de poder pedirle ayuda. Antes de poder hablarle de Daisy y de la operación vital que necesitaba el bebé. Y si besarla hacía que volviera, ¿por qué no seguirle el juego, al menos por el momento?

–Así mejor –oyó murmurar a Andreas. Y cuando con la mano le levantó la barbilla para acercar sus labios a los suyos otra vez, no pudo resistirse.

Aquello era lo que deseaba. No podía seguir negándolo. Era lo que sus sentidos anhelaban. Necesitaba sus labios sobre los suyos, necesitaba la íntima presión de su lengua al explorar los rincones de su boca. Y cuando empezó a deslizar sus manos sobre ella, supo que también necesitaba eso. Todo lo que había permanecido guardado en su interior pareció empezar a abrirse como una flor bajo el sol. Y al igual que una flor se orientaba hacia la fuente más potente de calor y luz, ella presionó su cuerpo contra el de Andreas.

Murmullos de placer que no pudo contener se escaparon de sus labios en los breves momentos que Andreas le permitió respirar. Su nombre fue un suspiro en sus labios, que él ahogó al volver a tomar posesión de los mismos de nuevo.

–Lo ves –murmuró Andreas suavemente con voz ronca, deslizando los labios por su mandíbula, haciendo que levantara la barbilla. La sensación se hizo más intensa cuando la besó en el punto más sensible, justo debajo de la oreja–. Esto está bien… muy bien.

La mano se había deslizado ahora hasta el cuello de Becca, enredándose en el suave cabello de la base de la nuca y tirando de su cabeza hacia atrás, dejando al descubierto todo su cuello y el canalillo entre sus senos, que asomaba por el cuello de pico de su vestido. Becca se sintió flotar al sentir el calor de su aliento y la suave caricia de sus labios deslizándose hacia el canalillo.

–Te deseo…

Becca oyó y sintió las palabras, que acariciaron su piel. Su aliento pareció colarse en su sujetador y rodear sus pezones, haciendo que se endurecieran y anhelaran caricias más intensas que el aire caliente de sus susurros.

–Te deseo –volvió a decir Andreas.

Y ella lo deseaba a él. Sentía el pulso de su deseo

entre las piernas. Cada nervio de su cuerpo lo deseaba. ¿A quién le importaba si los sensuales recuerdos que se escondían en la mente de Andreas le llevaban al pasado que habían compartido? ¿Qué más daba si el contacto de sus labios y el sabor de su piel despertaban los recuerdos de quién era ella exactamente y qué había sido para él? En algún momento tendría que recordarlo, era inevitable. Y mejor que recordara pronto para poder empezar a negociar.

Y lo cierto era que no podía contenerse. Al redescubrir los placeres que pensaba haber olvidado, supo que era eso lo que quería. Lo necesitaba. Llevaba un año anhelándolo.

Sus instintos sensuales le decían que aquello era lo correcto, como siempre lo había sido. Siempre había sentido en brazos de Andreas que era a donde pertenecía. Eso era lo único que nunca había cambiado entre ellos, ni siquiera al final, cuando todo parecía haber desaparecido a causa del odio, la desconfianza y el rechazo.

Rechazo. La palabra fue como una espada que atravesara el ardiente delirio de su mente, haciendo que sus tontos y alocados sueños se evaporaran, dando paso a los gélidos vientos de la realidad y la supervivencia.

¿Qué estaba haciendo exponiéndose otra vez al rechazo? ¿Podía volver a pasar por ese sufrimiento y dolor una segunda vez? Casi la había destrozado la primera vez, y ahí estaba arriesgando su corazón y su alma otra vez.

No podía hacer aquello por mero placer, por la mera satisfacción física que le reportaría. La destrozaría si lo permitía. En cambio, Andreas sí podía. Ya lo había hecho una vez, y no tenía ninguna duda de que lo haría otra vez. Recuperara o no la memoria, la usaría, tomaría todo lo que tenía que ofrecerle, y luego le daría la espalda y se marcharía sin ni siquiera volver la vista atrás.

La idea hizo que se tensara bajo las caricias de sus manos.

—Andreas… —intentó decir, pero no estaba escuchando. Él siguió acariciándole la piel con los labios, y deslizó sus manos sobre el suave tejido azul de la falda del vestido a la altura de las caderas, arrastrando la tela hacia arriba.

—¡Andreas… para!

Llevada por una repentina sensación de pánico, se apartó bruscamente de él. La fuerza de su reacción hizo que recorriera la mitad de la habitación antes de poder detenerse y mirarlo con ojos abiertos y respiración entrecortada. Pero tenía la vista tan nublada y desenfocada, que realmente no podía verlo, y se sintió agradecida por el hecho de que su expresión permaneciera oculta a sus ojos.

—No —dijo sin aliento, tratando de recuperar el control—. No, no está bien… ¡no puede estar bien! No dejaré que esto ocurra.

—¿Ah, no? —replicó Andreas con cinismo, y una ceja levantada burlonamente—. Señorita, se está usted engañando si espera que me lo crea.

—Por supuesto que espero que te lo creas…

—Pero no me lo creo. No me creo ni una palabra de lo que dices.

—¿No?

Andreas sacudió la cabeza en respuesta a su pregunta. La visión ya se le había despejado y podía verle la cara claramente. Inmediatamente echó de menos la comodidad de la protectora neblina al ver sus ojos ardientes fijos en ella con una mirada de puro desdén.

—¿Esperas que me crea tu cobarde protesta cuando conozco la verdad?

—De modo que ahora puedes leer la mente.

No, el desafío no era la mejor estrategia ahora. Lo vio en su rostro, en la forma en que apretaba aquellos hermosos labios, tratando de suprimir alguna brutal respuesta.

—No necesito leer mentes. Pero soy bastante bueno interpretando el lenguaje corporal, algo desafortunado para ti, porque tu cuerpo expresa la verdad que ahora pretendes que no existe.

—Yo… no… ¡yo no pretendo nada!

—O estás pretendiendo ahora o lo estabas antes… no pueden ser las dos cosas a la vez, Becca. ¿De cuál se trata?

¿Cómo iba a responder a eso? ¿Cómo le decía algo que explicara su comportamiento sin que la delatara completamente? Lo único que sabía era que no podía permitir que pensara que simplemente le había engañado. Sería la forma más rápida y fácil de que Andreas le pidiera que se marchara de inmediato. Y entonces no podría ayudar a Daisy. Y salvar la vida de Daisy era su máxima prioridad en aquel momento.

—Vale… lo siento…

Becca le tendió una mano, como suplicando que la aceptara. Pero por la forma en que Andreas observó su gesto, con fríos e insensibles ojos, Becca se sintió como si hubiera golpeado un muro de piedra con la mano, y le costó resistir la tentación de retirarla y acunarla contra su cuerpo.

—Lo siento… —repitió, tratando de encontrar algo que decir.

—Eso ya lo has dicho —dijo Andreas, cruzando los brazos y levantando altivamente la cabeza para mirar a

Becca con desdén–. Intenta alguna otra cosa. ¿Sientes el qué?

–Siento haber sobre reaccionado –fue lo único que se le ocurrió. La verdad, o al menos lo más aproximado a la verdad que pudiera decir, parecía ser la única manera de proceder. En cualquier caso, la verdad parcial era lo único que podía decir sin que se notara que estaba mintiendo.

Había guardado la esperanza de que eso fuera suficiente, pero por la expresión de Andreas, estaba lejos de serlo. Tendría que hacer un mayor esfuerzo para convencerle.

–Sí… sí que te deseo.

De verdad, no tenía sentido negarlo. Su respuesta al avance de Andreas lo había dejado claro, y sólo conseguiría enfurecerle más si intentaba negarlo. Si había algo que Andreas detestaba eran las mentiras. Un escalofrío le recorrió la espina dorsal al recordar la única vez que había intentado ocultarle la verdad. No le había mentido, aunque a juzgar por las consecuencias, ya podía haberlo hecho.

–Entonces, ¿qué haces en el otro extremo de la habitación?

–Porque… porque… –la desesperación hizo que le llegara la inspiración, y se apresuró a decir lo que tenía que decir para ver si tenía el efecto que esperaba–. Porque tenías razón… no es buena idea. No es sensato…

Andreas hizo girar los ojos en un gesto de desesperación.

–Y siempre tenemos que ser sensatos, ¿no?

–Bueno, acabas de sufrir un horrible accidente.

–Ya vuelves a hacer de enfermera. Ya te he dicho que detesto los mimos…

–¡Yo no estoy haciendo ningún mimo! Intento tener cuidado… tanto por tu bien como por el mío.

Eso le pilló de sorpresa.

–¿Yo? ¿Qué tengo yo que…?

–Sufres amnesia –Becca pronunció las palabras tan despacio y claramente como pudo. Necesitaba que lo entendiera. Si lo hacía, podía tener la oportunidad de quedarse y esperar hasta que recuperara su memoria para pedirle que ayudara a Daisy.

–Ya lo sé. ¡Es lo único que no puedo olvidar! Todo lo demás no puedo recordarlo, pero el hecho de no poder recordar… –se dio un golpe con la palma de la mano en la frente–, eso es lo que no puedo olvidar.

–Oh, no… por favor, no. ¿No ves que eso es por lo que tiene que ser así… por lo que no puedes arriesgarte?

–Quieres decir que no puedes…

–¡No… tú!

Sacudiendo la cabeza bruscamente, Becca dio un paso hacia él y le miró a los ojos. La forma en que brillaban hizo que reconsiderara. Se detuvo abruptamente a pocos metros de él, pero la distancia entre ellos parecía un abismo insalvable.

–Tú eres el que más tiene que perder si nosotros…

–¿Perder? –dijo él con una carcajada–. Desde aquí mismo puedo conseguir lo que quiera. Lo único que me ha interesado… que me ha entusiasmado desde que desperté del coma…

–Lo único… –susurró Becca, sin poder creer lo que acababa de oír–. ¿Yo?

–Tú –confirmó Andreas–. ¿A quién creías que me refería? Estaba hablando de entusiasmo y placer… pasión… algo que hace que merezca la pena vivir, y no del enorme vacío donde mi mente… mis memorias solían estar. Y tú… tú dices que tenemos que ser sensatos –escupió la palabra como si fuera algo infame.

Becca abrió la boca dos veces, tratando de darle una respuesta, pero la voz le falló, consiguiendo tan sólo emitir un patético graznido que no formaba ni siquiera una sílaba.

El lado irracional, emocional de su cerebro le gritaba que se acercara a él y aceptara su ofrecimiento mientras lo ofreciera. «Deseas esa emoción, esa pasión… podrías disfrutar de ese placer. ¿Qué estás haciendo aquí parada?».

–Sí, tenemos que ser sensatos. Al menos tú debes.

–No te escondas tras las excusas. Por alguna razón no quieres admitirlo, estás asustada e intentas huir…

–Oh, no, no lo estoy –al menos su voz sonó con la convicción de la verdad. No podía salir corriendo. Si lo hacía, le fallaría a Macy y a Daisy. Notó que Andreas echaba hacia atrás la cabeza y entornaba los ojos, pensativo–. No sabes lo que ha podido ocurrir en tu vida… lo que descubrirás al recuperar la memoria. Cosas que pueden hacer que cambies tu opinión y lo que sientes respecto a todo.

–¿Respecto a ti? –el tono de Andreas era escéptico–. Dudo que algo pueda cambiar lo que siento… el deseo que me come por dentro –era verdad. Nada había conseguido disminuir el intenso deseo que siempre había sentido por ella. Incluso cuando la había odiado, la había deseado. Lo primero y lo último que había hecho en su corto matrimonio había sido acostarse con ella.

Pero era puro deseo físico, deseo sexual de lo que hablaba, pensó Becca. No había nada emocional en ello. Y Becca sabía lo mucho que podían cambiar las cosas si… cuando se enterara de la verdad sobre cómo había terminado su relación. Y no podía ni pensar en lo que podía pasar.

—Entonces… ¿qué daño causa esperar? Ya sabes lo que dicen, que la anticipación aumenta el placer…

—En eso puede que tengas razón.

—Sabes que sí.

No sabía exactamente cómo lo había hecho, pero de alguna manera había conseguido poner un tono de coqueteo en su voz. Y al ver cambiar la expresión de Andreas, al ver relajarse la tensión de su rostro y de sus ojos, no supo si sentirse aliviada o temerosa ante la idea de lo que le esperaba en el futuro. Por el momento, le había persuadido y había conseguido que se relajara, pero cuando recuperara la memoria y descubriera la verdad… La sangre se le heló sólo de pensarlo.

Pero no tenía otra salida. Si quería ayudar a Daisy, tenía que hacerlo así. O eso o dejar que la niña muriera, y eso no iba a ocurrir, al menos mientras ella pudiera hacer algo para evitarlo. Haría lo que tuviera que hacer ahora, y ya se atendría a las consecuencias más tarde, cuando todo se destapara.

Tenía que reconocer que lo que más temía y lo que más esperaba a la vez estaban tan intrincadamente relacionados, que no podía separar lo uno de lo otro. Antes de poder pedirle ayuda, Andreas tenía que recuperar la memoria. Y ella tenía que quedarse hasta que eso ocurriera. Pero cuando la recuperara, también recordaría quién era exactamente y cómo habían terminado, y entonces todo sería un infierno.

Y el problema era que no sólo tenía que enfrentarse a Andreas, sino a ella misma, pues deseaba estar en sus brazos tanto como él. Deseaba sus besos, sus abrazos…

La pasión era lo único que no había muerto entre

ellos. La pasión era lo que les había juntado, lo que les había llevado al matrimonio, y aún no se había apagado. Todavía ardía entre ellos. Andreas no tenía más que tocarla y empezaba a arder. Pero no había sido suficiente para mantenerlos juntos anteriormente, ni lo sería ahora. Podía ser que Andreas le proporcionara a su cuerpo el más glorioso placer que jamás había conocido, pero también le había roto el corazón, y el éxtasis sexual no era suficiente para compensar el dolor y la desolación que le habían seguido. Andreas había sido el amor de su vida y cada día, cada hora que pasaba con él, se arriesgaba a que le rompiera el corazón de nuevo.

—Bien.

Era lo último que esperaba oír de Andreas, así que se quedó un poco boquiabierta y pestañeando, sorprendida.

—¿Bien? —consiguió decir, y obtuvo un serio asentimiento en respuesta.

—Esperaremos… un poco. Puede que tengas razón y que el retraso… la anticipación… me abra el apetito. Merecerá la pena esperar por ti.

Si esperaba una respuesta a eso, iba a desilusionarle, pensó Becca. Ni una palabra cruzaba su mente. Todo lo que pudo emitir fue un sonido incoherente que podía ser o no ser interpretado como que estaba de acuerdo.

—Pero no esperaré una eternidad. No soy un hombre paciente, Becca. Cuando veo algo que quiero, voy a por ello.

—Lo… lo entiendo.

¿Cómo podía no entender? Sabía exactamente lo que quería decir pues lo conocía perfectamente. ¿Acaso no había estado en el lado receptor de su encanto y su sexualidad anteriormente? Cuando Andreas Petrakos veía algo que quería, sin duda lo conseguía.

Y como para demostrarlo y reafirmar sus pensamientos, de repente Andreas levantó una mano, dobló un dedo y, con un gesto arrogante, le indicó que se acercara. Y por la expresión de su rostro, no tenía duda alguna de que Becca le obedecería,

Y tenía razón. Podía tratar de justificar sus actos argumentando que estaba intentando pisar sobre seguro. Pero si lo hacía, sinceramente se estaría engañando. Obedeció las órdenes de Andreas, avanzando hacia él sin una palabra ni vacilación, simplemente porque no tenía elección, no tenía las fuerzas para resistirse. Y cuando sus brazos la rodearon de nuevo, supo que estaba perdida, y levantó la cabeza para recibir su beso incluso antes de que él inclinara su cabeza hacia ella.

El beso hizo que lo que quedaba de su capacidad para pensar se desvaneciera. Pareció absorber toda su esencia, su corazón y su alma, y apoderarse de ellos hasta hacerla sentir que no era nada sin él, que no podía funcionar sin él, ni siquiera existir sin él. Su mente empezó a flotar, a la deriva, sin sentido ni dirección ni pensamiento alguno.

—Entonces te quedas —murmuró Andreas en voz baja y sensual, con total convicción de que iba a salirse con la suya.

—Sí —no había nada más que pudiera decir, pero incluso al pronunciar esa breve palabra, Becca tuvo la terrible sensación de hundirse en aguas frías y oscuras que se cerraban sobre su cabeza. Sin embargo, no había vuelta atrás—. Sí —repitió suavemente—. Me quedo.

Capítulo 6

C UÁNTO tiempo exactamente crees que va a durar esto de la sensatez?

Andreas se estiró bajo el sol, notando con satisfacción que el dolor de sus contusiones había ido desapareciendo con los días. Si pudiera decir lo mismo del vacío que tenía donde debería estar su memoria. Era eso y la frustración diaria de tener a Becca cerca sin poder hacer nada lo que le fastidiaba.

Al menos los últimos días le habían dado a su cuerpo la oportunidad de curarse físicamente. Y el accidente le había robado más de lo que quería admitir, por lo que pasar el tiempo enseñándole a Becca la isla, llevándola a sus restaurantes favoritos, paseando por la orilla, había llenado sus horas y días de convalecencia, evitando que se subiera por las paredes de aburrimiento.

Becca giró la cabeza sobre el colchón de la tumbona que tenía al lado, y abrió aquellos ojos verde-azulados con tal sensualidad que hizo que se le endureciera el cuerpo en un momento, tensando el tejido elástico de su bañador negro. Ella iba vestida de blanco, con una holgada camisa sin mangas y pantalones pesqueros de algodón que dejaban al aire sus pantorrillas.

–¿Cómo te sientes? –le preguntó. A pesar del esfuerzo por aparentar estar relajada, Andreas notó la tensión en su voz, siempre presente cuando la conversación se alejaba de lo ordinario, de los temas diarios de los que hablaban.

¿Por qué estaba tan tensa? ¿Estaba escondiendo algo que no quería que supiera? Le causaba cierta inquietud que la única persona con la que se sentía cómodo, alguien con quien sabía que había compartido la etapa de su vida que no recordaba, pudiera esconder algo deliberadamente de él.

–¡Estoy bien! ¡Jamás me he sentido mejor! –dijo bruscamente, y vio cómo la mirada de Becca cambiaba de sensual a distante y defensiva. En silencio, se maldijo por su precipitada reacción.

–¿Y el médico dijo que estabas bien en el chequeo de esta mañana?

–¿Me estás diciendo que no te ha dado un informe completo? Al fin y al cabo parece que tu papel de enfermera es el único en el que estás interesada.

–Pensaba que habíamos eliminado esa idea. Para serte sincera… –Becca se incorporó, apoyándose en el respaldo de madera de la tumbona, y miró a Andreas a la cara–, no estoy segura de qué es lo que esperas de mí.

–Sabes bien lo que quiero –Andreas no hizo ningún esfuerzo por disimular el doble sentido sexual que escondían sus palabras–. Cómo te quiero y dónde te quiero.

De nuevo volvió a ver ese parpadeo en sus ojos. Vio cómo le dirigía una mirada fugaz para, inmediatamente, desviarla hacia el horizonte, hacia el océano más allá de la terraza, que parecía despertar un intenso interés en ella.

–Pensaba que habíamos acordado ir paso a paso.

–Acordamos ser sensatos, que no es lo mismo.

–Para mí sí, por una razón muy sencilla, y es que no

tengo ni idea de si hay alguien más en tu vida… y no puedes poner la mano en el fuego de que no sea así.

—Pero si somos pareja…

—He pasado en Inglaterra una buena temporada…

Eso era. Habían estado separados el uno del otro, y Becca no estaba segura de poder confiar en él. Era comprensible.

—No hay nadie más en mi vida.

—¿Y puedes jurarlo?

—Bueno, creo que si hubiera alguien ya habría aparecido. Habría oído lo de mi accidente. Además, Leander me habría dicho si estaba casado o alguna tontería de ésas.

¿Qué había dicho ahora para que Becca apretara los labios como si hubiera cambiado de opinión sobre algo que iba a decir? Y su mirada se había desviado hacia la piscina y estudiaba el agua como si jamás hubiera visto algo así.

—Y dudo que Medora fuera a quedarse parada viendo cómo hago el tonto si supiera que estoy comprometido con alguien más.

—¿Eso es lo que crees que estás haciendo? ¿El tonto? —dijo con tono agrio.

—¿Qué voy a saber yo? —dijo, irritado por el hecho de que Becca no le mirara y por el tono de su voz—. No sé si me he comportado así o si me he sentido así antes.

Había decidido ya que no era posible que se hubiera sentido así antes. Si hubiera sentido ese ardor, ese deseo que hacía imposible vivir sin aquella mujer, sin verla y sin tocarla, y que convertía sus noches de insomnio en una prueba de resistencia, seguro que lo recordaría. ¿Cómo iba a borrar el recuerdo de los sueños tan vivos y eróticos que le habían dejado sin aliento en los breves momentos en los que había conseguido conciliar el sueño? No podía haber olvidado aquellas sensaciones si las hubiera experimentado anteriormente.

–Y creo que en Inglaterra tenéis un dicho sobre la viga y la mota…

–Brizna –le corrigió Becca con la misma voz estirada–. Ver la brizna en el ojo ajeno y no ver la viga en el ojo propio… ¿qué tiene que ver eso conmigo?

Sonaba tan *inglesa*, tan sensata y controlada, que le daban ganas de agarrarla y sacudirla. Quería que volviera la Becca que había visto bajo el remilgado aspecto exterior que había visto el día de su llegada. La Becca sensual y receptiva. La Becca cuyos sensuales labios habían resultado tan maravillosos, sabido tan deliciosamente bajo los suyos. La Becca cuyos firmes senos encajaban tan perfectamente en sus manos. La Becca que habría estado en su cama si no hubiera tenido esos ridículos y *sensatos* segundos pensamientos.

–Dices que no sabes si hay alguien más en mi vida, pero yo podría decir lo mismo de ti.

–¿De mí? –aquella mirada nerviosa había vuelto, haciendo que Andreas pensara más en la posibilidad de mentiras, culpabilidad y ocultación.

–¿Estás libre? ¿Hay alguien más en tu vida? –insistió Andreas.

–Oh… –por un segundo pareció estar en blanco, y entonces notó que se mordía el labio.

–¿Becca? –las sospechas ensombrecieron su voz.

¿Era eso lo que le estaba ocultando? ¿Era la existencia de otro hombre en su vida la razón por la que quería ser *sensata*? ¿Alguien del que no quería hablarle?

–¿Hay…?

–¡No! –dijo firme y rápidamente… demasiado firme, demasiado apresurado de modo que, en lugar de tranquilizarlo, su respuesta le puso más nervioso–. No… no hay nadie.

–¿Seguro?

–¡Claro que estoy segura! –dijo con la barbilla levantada en un gesto desafiante–. ¡No hay más hombre en mi vida que tú!

Era lo que más deseaba escuchar… ¿por qué sentía como un escalofrío a pesar del calor?

–Bien –dijo, alargando una mano para acariciarle la mejilla–. Asegúrate de que sigue siendo así. Tengo derechos exclusivos sobre mis mujeres. Eres mía y sólo mía…

Bajo las caricias de sus dedos, el rostro de Becca se tensó, sus ojos se abrieron y su barbilla se elevó todavía más en señal de rechazo hacia su comentario.

–No tienes ningún derecho sobre mí… al menos por el momento.

–Por el momento –asintió Andreas con una sonrisa atenta en los labios. Estaba preciosa y maravillosamente sexy cuando se ponía así, con ese brillo de rebeldía en sus ojos y color en sus mejillas–. Nos lo tomaremos poco a poco… seremos sensatos. Pero no por mucho tiempo. Podría hacer que te olvidaras de esa necesidad de cautela que crees que es tan importante.

De nuevo levantó la barbilla y arqueó las cejas, desafiando la veracidad de la afirmación de Andreas, y consiguiendo que su sonrisa se ampliara.

–Sabes que podría –murmuró suavemente, inclinándose un poco más, hasta estar a escasos centímetros de sus suaves labios–. No tardaría ni siquiera un minuto –ahora Becca estaba paralizada, pero sus ojos le miraban con cautela, esperando a ver qué era lo que iba a hacer–. Todo lo que tendría que hacer sería inclinarse un poco más –acompañó sus palabras con acciones, capturando su aliento. Los ojos de Becca se abrieron un poco más, pero se quedó donde estaba, aunque se humedeció con la punta de la lengua el labio inferior en un gesto revelador y de intranquilidad.

El movimiento y la fina capa de saliva que había dejado en sus labios resultaron ser una tentación que Andreas no pudo resistir. Llevaba demasiado tiempo esperando a saborear aquella boca de nuevo.

Levantando una mano, la enredó entre su cabello a la altura de la nuca, y sujetándole la cabeza con la mano, la acercó a sus labios.

Los labios de Andreas resultaron tan suaves y sabrosos como antes, y ella se rindió a él con un suave murmullo que hizo que, en respuesta, despertaran sus sentidos.

Al diablo con la sensatez. Aquello era lo que quería. Lo que necesitaba. Abrió los labios y, con actitud triunfante, Andreas avanzó y sintió el escalofrío que recorrió el cuerpo de Becca, señal de su resistencia a perder el control. Pero sabía que podía hacer que se olvidara de ello. No le llevaría mucho tiempo. Sería suya si insistía presionando un poco más. Pero el hecho de que hubiera reaccionado como lo había hecho, de que sintiera esa contención de la que había hablado, le detuvo. Aún estaba decidida a mantener las distancias por sus propias razones personales, y ese pensamiento destrozó el momento de sensualidad completamente.

Con una maldición en su propio idioma, Andreas separó sus labios de los de Becca, apartando la cabeza para ver sus ojos de asombro.

–Andreas… –empezó Becca, y el temblor ante el sonido de su nombre fue ya la gota que colmó el vaso.

Maldiciendo terriblemente, se apartó de ella, dio varios pasos rápidos y decididos casi a ciegas, y se tiró a la piscina de cabeza, sumergiéndose en el agua todo lo que pudo.

Becca le vio a través de ojos empañados por lágrimas. Sabía lo que le había hecho reaccionar así, el débil temblor de pánico que no había podido controlar, pero eso no quería decir que entendiera exactamente qué le había impulsado a actuar así. ¿Había sido la ira por el hecho de que ella siguiera empeñada en la idea de la sensatez? ¿O se trataba de un intento de enfriarse en el sentido literal de la palabra? Fueran cuales fueran sus sentimientos, eran intensos y difíciles de controlar, eso estaba claro por la manera en que surcaba el agua, con tal fuerza en los músculos de sus brazos y piernas, que Becca temió por los posibles efectos del accidente. Quizás sus moratones estuvieran atenuándose, pero ¿era apropiado que se sometiera a tal ejercicio físico?

Pero al cruzarse esa preocupación por su mente, Andreas ya había empezado a aflojar el ritmo. Continuó nadando más despacio durante un rato y, finalmente, se acercó al lado de la piscina donde ella estaba. Tras peinarse hacia atrás el pelo mojado con las manos, se apoyó con los brazos en el bordillo mientras flotaba en el agua, y miró a Becca con los ojos fruncidos por el sol.

–Y ahora supongo que dirás que, como mi enfermera, no puedes aprobar mi conducta –comentó cínicamente–. ¿No es eso lo que me tienes que decir… que no ha sido sensato…?

–¡No me atrevería a decir nada por el estilo! –exclamó Becca, intranquila por la forma en que le había leído la mente. Puede que lo estuviera pensando, pero no lo iba a decir conociendo la reacción que obtendría.

Tan sólo esperaba que Andreas creyera que estaba tremendamente molesta e irritada, y que aceptara eso como explicación del gallito de voz que le salió. Bastante vergüenza había sentido ya hacía un momento, y el hecho de que pudiera reconocer en su voz su excitación al ver su musculoso cuerpo flotando en el agua y las brillantes gotas de agua sobre su piel morena era más de lo que podía soportar en ese momento. El cabello negro pegado a la cabeza resaltaba sus facciones, sus marcadas mejillas, su escultural y larga nariz, su fuerte mandíbula y sus sensuales labios. Ya tenía el pulso bastante acelerado como para poder afrontar otra avalancha de besos devastadores.

–Me alegro de oírlo –replicó Andreas con ironía, aupándose con los brazos para sentarse en el bordillo de la piscina con los pies en el agua–. Porque pareces tan decidida a retomar tu trabajo de enfermera, que me preguntaba si deberíamos hablar de tu sueldo.

–¡No quiero nada de eso! –dijo con horror, consciente de lo que le estaba ocultando. Se agachó junto a él, poniéndose a su altura, le agarró un brazo y lo miró seriamente a los ojos–. ¡No tienes que pagarme nada! Al fin y al cabo no estoy haciendo nada para ganarlo... –su voz se desvaneció de la vergüenza que sintió al pensar en la otra forma en que sus palabras podían ser interpretadas, y sus mejillas se ruborizaron–. No quería decir... No tienes que pagarme para... –estaba empeorando las cosas. La lengua se le trabó, y no pudo pronunciar ni una palabra más para explicarse o disculparse. Y la vaga sonrisa que se dibujó en el rostro de Andreas, burlándose de su confusión y vergüenza, sólo empeoró las cosas.

–Quizás no pagarte por ello, pero tengo la reputación de ser generoso con mis amantes.

Mis amantes. Si le hubiera disparado una flecha al corazón, no le habría dolido tanto como oírle hablar de aquella manera.

Mis amantes. ¿Era eso lo que pensaba de ella? ¿Todo lo que podía aspirar a ser? Andreas sólo pensaba en ella como alguien con quien quería acostarse... una amante, nada más. Y había dicho amantes... usando el plural... refiriéndose a las mujeres que la habían precedido y... se le hizo un nudo en la garganta... mujeres que la seguirían.

¿Y el día de su boda? Sintió el ardor de las lágrimas en los ojos ante una idea todavía más insoportable. La idea de que la hubiera reemplazado por alguien tras echarla de su casa. ¿Cuánto tiempo había esperado después de que se marchara con el corazón partido para traer a otra mujer a la casa que se supone que iban a compartir? ¿Cuánto había tardado en encontrar a alguien que le calentara la cama y llenara sus días? ¿Cuántas había habido desde que se habían separado?

Las lágrimas que escocían sus ojos luchaban por salir. Y con inexorable determinación, Becca las reprimió, pero sólo lo consiguió apretando los dientes, evitando pestañear y tragando saliva lo más enérgicamente posible.

—¿Becca?

Deseaba poder decir algo, cualquier cosa liviana y sin importancia para hacerle reír y despistarle, para que desviara la mirada a alguna otra parte. ¿Cómo podía recuperar la compostura cuando la estaba mirando cual fascinante espécimen bajo un microscopio? ¿Uno que quisiera disecar y analizar?

Sabía que sus mejillas estaban ardiendo. El esfuerzo por suprimir las lágrimas había intensificado el rubor de su piel. Avergonzada hasta un extremo intolerable, levantó una mano y se la pasó por el rostro, rezando por que el pequeño gesto rompiera la concentración de su mirada.

–Tienes calor –dijo Andreas tranquilamente, con una nota de preocupación en su voz–. Y no me extraña con toda esa ropa encima–. ¿Por qué no te pones un bañador y pasas un rato en la piscina? No estás acostumbrada a este calor, y el agua te refrescará.

No era el calor del sol lo que le perturbaba, pensó Becca, sino el calor más sutil y sensual que irradiaba el cuerpo de Andreas, tan próximo a ella, que podía percibir la personal esencia de su piel mezclada con el olor de la película de agua que la cubría. Eso, y el calor de la respuesta de su propio cuerpo, que hizo que sintiera cierta humedad entre las piernas.

Quizás le vendría bien un baño. Aliviaría el ardor de su deseo. Pero había un problema técnico.

–No tengo bañador –dijo mientras miraba al agua con anhelo–. No… nunca pensé que necesitaría uno al venir. Y para ser sincera, nunca pensé que me quedaría tanto tiempo.

Ya se podía haber mordido la lengua, pero se dio cuenta demasiado tarde de lo cerca que había estado de decirle la verdad. Pero Andreas, demasiado concentrado en sus propios pensamientos, no había notado el desliz.

–Eso no es ningún problema. Hay uno colgado en la caseta de la piscina –con un gesto de la mano indicó la pequeña caseta de piedra que tenía vestidor y ducha para los usuarios de la piscina–. Lo vi colgado al entrar esta mañana. Debería quedarte bien. ¿Por qué no vas y te lo pruebas?

¿Y salir en bañador? La idea de sentarse junto a él, tumbarse al sol o bañarse junto a él con ese bañador hacía que se le erizara el vello. Si alguien lo había dejado allí, probablemente había sido una de esas amantes que había mencionado, en cuyo caso, era probable que el bañador no fuera más que un par escaso de trozos de tela precariamente sostenidos por un par de finísimos tirantes.

Pero la idea de desaparecer por un momento y pasar un tiempo a solas en la caseta de la piscina por primera vez en tres días resultaba muy apetecible. Podría esconderse un rato hasta recuperar la compostura y recuperar las fuerzas para poder llevar la situación mejor de lo que había hecho hasta el momento.

–Lo haré –dijo Becca, poniéndose en pie lentamente, e intentando no parecer que estaba huyendo, aunque en su interior sabía que era precisamente lo que estaba haciendo–. Volveré en un momento.

«¿Y el bañador?», pensó mientras caminaba descalza hacia la caseta. En fin, si le quedaba bien y era modesto, se arriesgaría. Lo decidiría al verlo.

Pero al ver el bañador color lavanda pegado del gancho en el vestidor, el corazón le dio un vuelco y dejó de palpitar por un momento. Se quedó paralizada, mirando sorprendida y llena de incredulidad la prenda que colgaba delante de ella. No podía ser cierto. No podía ser cierto, era la frase que no podía dejar de repetir en su mente, envuelta en una neblina a través de la cual sólo podía ver la prenda que tenía delante.

–No puede ser –dijo, moviendo la cabeza de un lado a otro–. No puede ser –el bañador que ahora tenía entre las manos era el que había llevado el único día que había pasado en la casa como esposa de Andreas.

Capítulo 7

TODAVÍA le quedaba bien, lo cual era una sorpresa, pues sabía que había perdido peso en los diez meses y medio que habían pasado desde la boda, y ya no era la persona alegre y relajada que era antes de casarse con Andreas Petrakos.

Pero el bañador le seguía quedando casi perfecto. Tenía tanta licra, que se ajustó a su nueva figura sin problemas, revelando curvas más suaves y caderas y muslos más delgados.

Mirándose al espejo que colgaba de la pared, Becca recorrió el tejido con las manos, tratando de recordar a la Becca que se había mirado al mismo espejo ni siquiera hacía un año. Entonces, sus ojos habían brillado de alegría y de satisfacción tras haber hecho el amor apasionado con su recién estrenado marido. Y en sus labios se había dibujado una amplia sonrisa que sentía que iba a ser permanente y que nada conseguiría borrar jamás.

No podía haber estado más equivocada. Apenas un par de horas después, estaba de camino de vuelta a casa, dejando atrás su vida de casada hecha pedazos.

–¡Amor! –la voz de Andreas, con un énfasis cruelmente cínico, resonó en su memoria, tan alto y claro, que pensó por un momento que había entrado en la habitación y lo había dicho.

–¡No amo a nadie… y menos a ti! Dudo poder sentir algo así…

Habían llegado a la isla por la tarde en un vuelo desde Inglaterra. Becca todavía estaba flotando en una nube de felicidad tras su maravillosa boda y la dicha de ser la esposa de Andreas. No habían perdido el tiempo. Apenas entraron por la puerta, Andreas la llevó escaleras arriba a su dormitorio, le quitó el elegante traje que se había puesto para el viaje, y le hizo el amor apasionadamente con todo el ardor del que fue capaz.

Un poco más tarde, cuando Andreas se vio obligado, de mala gana, a ir a su despacho para atender un fax que acababa de llegar inesperadamente, Becca se puso el bañador color lavanda y se fue a la piscina.

–Me reuniré contigo en la piscina en cuanto pueda –le había prometido.

Tardó mucho más de lo que esperaba. Ya estaba cansada y aburrida y pensando en vestirse de nuevo, cuando apareció en la terraza con las manos sobre las caderas, el rostro blanco y los ojos de un brillante color azabache, reflejando alguna intensa emoción.

–Quiero hablar contigo –apenas había terminado de decir la frase se giró sobre los talones y se fue haciendo oídos sordos a la temblorosa pregunta de Becca, que le pedía una explicación al repentino cambio de humor.

Becca apenas se atrevió a perder tiempo para secarse, quitarse el bañador y ponerse unos vaqueros y una camiseta. Se puso las chanclas y se fue prácticamente corriendo desde la caseta de la piscina a la oficina en la que Andreas, de pie junto a la ventana, la esperaba.

–¿Qué ha pasado? ¿Algo va mal?

–Tú me dirás.

No quedaba nada del ardiente y cariñoso marido en

su tono de voz, nada del amante apasionado que se había separado a regañadientes de sus brazos un rato antes. ¿Qué había podido pasar para que cambiara de humor de manera tan drástica?

–¿Andreas? ¿Qué ha pasado? ¿De qué va esto?

–Tú me dirás de qué va. Háblame de Roy Stanton –le lanzó el nombre como si fuera un arma arrojadiza. Entornando los ojos para apreciar su reacción, notó cómo Becca se estremeció y retrocedió un paso, sorprendida–. ¿Así que conoces el nombre?

Era demasiado tarde para negarlo. Su reacción ya la había delatado.

–¿Cómo… cómo te has…?

–¿Cómo me he enterado? Es fácil conseguir que se investiguen estas cosas.

–¡Has… has hecho que me *investigaran*! –sonó tan consternada como se sentía. Y se sintió todavía peor cuando Andreas ignoró esa pregunta también.

–Tengo todo el derecho a saber lo que hace mi futura esposa con la pequeña fortuna que le he dado. Y no creo que tengas derecho a juzgar mis actos después de darle el dinero a otro hombre. ¿O acaso quieres negarlo?

–No…

Becca se dejó caer sobre uno de los bancos del vestidor cuando los amargos recuerdos del aquel día hicieron flaquear sus piernas. Andreas no le había dado oportunidad de explicarse. La había bombardeado agresivamente con preguntas, como un abogado de la acusación, pasando de una a otra cuando todavía estaba pensando en cómo contestar la anterior. Y todo ese tiempo, Becca había estado comprometida por la promesa que le había hecho a Macy, su recientemente descubierta hermana. La hermana que no había sabido que existía hasta hacía apenas unas semanas.

Al principio Macy no había querido tener nada que ver con ella, pero de repente la había llamado pidiendo verla, pidiéndole que la ayudara. Pero le había hecho prometer que no se lo diría a nadie.

–No, no lo niego.

–¿Le diste el dinero a ese hombre? –tronó Andreas–. Todo el dinero que te di, al parecer.

–¡Dijiste que era mío!

–Sabes bien que te lo di para que te compraras el vestido de novia y lo que quisieras para…

–¿Estás diciendo que el vestido que llevaba no estaba suficientemente bien? –saltó Becca a la defensiva mientras trataba de pensar en alguna explicación. Su mente estaba bloqueada por la conmoción que representaba el que Andreas hubiera descubierto lo de Roy Stanton. No había razones para que conociera el nombre del hombre. Así que intentó despistarlo, utilizando cualquier argumento mientras trataba de dilucidar qué era lo que había pasado, y cómo podía responderle. Pero el ataque no fue la mejor estrategia. De enfadado, Andreas pasó a sentir una furia abrasadora, y antes de que Becca pudiera darse cuenta de qué era lo que estaba pasando, Andreas la estaba acusando de algo, pero no estaba segura de qué.

–El vestido estaba bien, aunque podría haber estado mejor… *debería* haber estado mejor…

–¡*Debería*! Así que ahora tengo que ponerme lo que tú digas para… ¿para qué? ¿Para no avergonzarte ante los demás por no llevar algo apropiado a tu estatus? ¿De eso se trata, Andreas? ¿Estás enfadado porque no me he casado contigo con un exclusivo vestido de diseño? ¿Uno que muestre a tu familia y amigos lo bien que puedes proveer por mí? ¿Que puedes darme una fortuna para gastar en un solo vestido de un solo día…?

–Una fortuna que le has dado a otro hombre.

–¡Tenía mis razones!

–¿Que son…?

Aquella simple pregunta hizo que la discusión llegara a punto muerto, porque lo cierto era que Becca estaba amordazada por la promesa que le había hecho a Macy. Le había prometido, por todo lo que consideraba sagrado, no decir ni una palabra. Al menos hasta que Macy estuviera a salvo. Al descubrir que su emocionalmente vulnerable hermana estaba embarazada, esa promesa había adquirido más importancia. Así pues, aunque le rompiera el corazón, había tenido que respetar la promesa.

–No… no puedo decírtelo.

–¿No puedes o no quieres? –dijo Andreas, encendido por la furia.

–Andreas… por favor… se trata sólo de dinero…

–Mi dinero… el dinero que yo te di a ti. Y tú se lo has dado a él…

Entonces, pensó que se estaba dado cuenta de lo que pasaba, por qué estaba tan enfadado. Conocía la oscura nube que ensombrecía el pasado de Andreas. Su madre se había casado con su padre exclusivamente por el dinero, por el estilo de vida que podía proporcionarle y, cuando Alexander Petrakos perdió su fortuna en una transacción bursátil mal aconsejada, Alicia se marchó con su más acaudalado primo, dándole la espalda a su hijo de cinco años sin pensarlo dos veces. Más tarde, cuando Andreas había conseguido reconstruir la fortuna Petrakos, e incluso duplicarla, Alicia volvió para tratar de recuperar al hijo que había abandonado veinte años antes. El resultado era que Andreas siempre había tenido mucho cuidado de que nadie le usara como habían usado a su padre. La más mínima sospecha de que la mujer que tenía en su vida fuera una caza fortunas significaba que la dejaba antes incluso de que tuviera tiempo de pensar e intentar hacerle cambiar de opinión.

Así pues, si Andreas pensaba, o sospechaba, que se había casado con él por su dinero…

–Andreas, no… –intentó decir de nuevo–. No tiene por qué ser así.

Tenía que haber algún modo de llegar a él, de aclarar aquello. Si tan sólo pudiera calmarle para hacerle ver que las cosas podían aclararse… Y entonces hablaría con Macy para hacerle ver por qué no podía mantener su promesa. Tenía que decírselo a Andreas, era su esposo.

–¿Ah, no?

–No... no si me quieres...

Un agudo dolor en los dedos devolvió a Becca a la realidad, y se dio cuenta de que había estado retorciendo el tejido del bañador con los dedos hasta hacer que se hundiera en su piel. Pero el dolor físico no era nada comparado con el dolor de su corazón al recordar la reacción de Andreas a su intento de aclarar las cosas, o al menos hacer las paces.

–¡Amor! –gruñó Andreas con una carcajada cruel–. ¿Amor? ¿Qué tiene que ver el amor con esto?

–Pero tú… te has casado conmigo…

–¡No por amor! ¡No quiero a nadie, y menos aún a ti! Dudo que sea capaz de amar. Me he casado por el sexo, por nada más. Ninguna otra mujer me ha excitado nunca tanto como tú.

Fue como si un iceberg la envolviera de repente… podía oír y ver, pero no podía moverse. El frío había entumecido hasta su alma. Hasta su corazón parecía haberse detenido.

–¿Sexo?

–Sí, sexo. Eso que acabamos de disfrutar en el dormitorio.

–Yo no lo disfruté.

No lo habría disfrutado… no lo habría podido disfrutar de saber que la había usado. Su matrimonio estaba basado en una mentira, y no en verdadero amor, como ella había creído.

–No tenías derecho… –empezó a decir, pero la lengua parecía haberse helado y sus labios petrificado.

–¿Derecho a qué?

La rígida expresión de Andreas parecía haber sido tallada en el mismo bloque de hielo que la envolvía a ella.

–A casarte conmigo si eso era lo que sentías. ¡No tienes nada que ofrecerme!

–¡Nada! –dijo con una carcajada–. Mira a tu alrededor, *agape mou* –dijo, haciendo un gesto con la mano, recorriendo la lujosa habitación, la preciosa piscina tras las puertas de cristal que daban al patio y las vistas del océano color zafiro que había más allá–. ¿Esto no es nada? ¿No es suficiente?

–Francamente, no –respondió ella con amargura. La agonía hizo que saliera de sus labios en un tono frío y tirante que no parecía el suyo–. Esperaba más de ti.

–Esperabas… bien, pues puedes esperar todo lo que quieras, pero no vas a conseguir nada más de mí, nada.

–¿Crees que me voy a quedar por eso?

–No creo que te vayas a quedar por nada. De hecho, te lo voy a poner fácil, te abriré el camino –recorrió el pasillo y abrió la enorme puerta de madera de la casa, dejando entrar el cálido aire de la tarde.

–¡Andreas, no puedes hacer esto! Nos hemos casado hoy, y apenas hemos consumado el matrimonio.

¿Pero qué clase de matrimonio era cuando el hombre al que adoraba acababa de anunciarle que no la amaba?

–Si te divorcias de mí, te va a costar caro… –lo dijo con la intención de que volviera su sentido común. De hacerle ver que si de verdad estuviera interesada en su dinero, estaría eligiendo la opción que más dinero le podía reportar. Seguramente la idea de que se quedaría con la mitad de su vasta fortuna haría que se detuviera a pensar y se diera cuenta de que se equivocaba de camino.

Pero *detenerse y pensar* parecía ser lo que menos podía hacer Andreas en ese momento. Nunca le había visto así antes. Casi podía ver el fuego de su furia en sus ojos, y su rostro estaba tan desfigurado, que apenas reconocía al hombre al que tanto amaba. El hombre al que había prometido amar y respetar esa mima mañana. El hombre que había hecho la misma promesa sabiendo que no decía la verdad.

No la quería. ¿Realmente quería estar casada con un hombre que no sentía nada, por mucho que ella lo amara? ¿A qué clase de matrimonio se estaría atando?

–Andreas, tendré derecho a la mitad de todo lo que posees, y lo conseguiré –pretendía sacudirle con esas palabras para que volviera a sus sentidos.

–Merecerá la pena si con ello me deshago de ti –se giró para coger la maleta que seguía al pie de las escaleras, donde la habían dejado al llegar a la casa. Con un violento movimiento, la arrojó por la puerta y se volvió hacia ella.

–¿Vas a ir detrás de ella voluntariamente, o tengo que arrojarte también?

Fue entonces cuando Becca tiró la toalla. No tenía fuerzas para seguir luchando y, además, no sabía ni por qué estaba luchando. ¿Iba a suplicarle que la dejara quedarse? Aunque le convenciera de que se había casado con él por amor, no iba a suponer ninguna diferencia. Él ya había dejado claro lo que pensaba. Se había casado con ella por el sexo y nada más, así que no le importaría si le quería o no. Lo único que le importaba era el dinero.

Con la cabeza alta y esforzándose por controlar el temblor de sus labios y el ardor de sus ojos para no dejar escapar ni una lágrima, dijo:

—Oh, no te preocupes, me marcho. No hay ninguna razón para que me quede. Creo que ya tengo todo lo que esta relación podía ofrecerme.

—Oh, estoy seguro de ello. Pero no pienses que puedes conseguir un divorcio rápido, no habrá anulaciones, ya me he asegurado de ello.

Algo en su voz hizo que Becca se diera cuenta de lo que realmente se escondía tras su cruel afirmación. Se dio cuenta de que ya lo sabía, de que sabía de la existencia de Roy Stanton desde antes de la boda. Y se había casado con ella sabiendo que era un matrimonio que no significaba nada para él y que tan sólo iba a llegar hasta donde había llegado.

A Becca no le quedaban ganas de seguir discutiendo. Lo único que quería era salir de allí antes de derribarse. Si dejaba que Andreas viera el dolor que le había causado, pensaría que había triunfado.

Al pasar junto a él para salir por la puerta, rogó por que no le fallaran las piernas hasta haber salido de allí y estar bien lejos. Consiguió salir al calor de la noche, donde, gracias a Dios, la oscuridad escondía la tristeza de su rostro, pues apenas podía contener las lágrimas. Fue entonces cuando Andreas lanzó el último comentario.

–Te daré todo el dinero que quieras, pero nada más.

Avanzando ciegamente y cabizbaja, librando una amarga batalla por no ceder, Becca no pudo dar crédito a lo que acababa de oír. ¿Cómo podía creer que lo que quería era dinero, y decirle que si lo pedía se lo daría?

Confusa y desconcertada, se dio la vuelta para hacer un último intento desesperado, pero ya era demasiado tarde. Andreas había vuelto a entrar en la casa, y le vio cerrar la puerta de un portazo.

Debía de haberse equivocado, decidió Becca. No era posible que hubiera dicho lo que pensaba haber oído, pues no tenía sentido. Pero nada de aquella horrible tarde tenía sentido. Había empezado tan maravillosamente, con tanta alegría y esperanza por el futuro que tenía por delante. Y de repente, todo se había esfumado. La vida que le esperaba no parecía tener nada que ofrecer, y el futuro con el que había soñado había desaparecido, así que siguió caminando, arrastrando la maleta, alejándose del matrimonio que pensaba que iba a tener, del hombre al que pensaba que amaba. Del hombre al que ahora trataba de convencerse de que odiaba. Volvió a casa, a su atónita familia, a sus desconcertados amigos, con la necesidad de odiarle para poder sobrevivir.

Pero la verdad era que, el volver a aquella isla le había demostrado que no había tenido mucho éxito. A pesar de haberlo intentado durante casi un año, no era capaz de odiar a Andreas. Todavía seguía tan enamorada de él como el día de la boda.

Capítulo 8

ANDREAS ya se había hartado de esperar.

¿Cuánto hacía que Becca había desaparecido en la caseta de la piscina? ¿Y cuánto tardaba uno en ponerse un bañador, por Dios Santo? ¿Habría algún problema? Le había parecido que se sentía algo incómoda y nerviosa cuando estaba sentada junto a él en la piscina. Y desde luego, parecía acalorada y tenía una piel tan clara…

Se levantó de la tumbona y se dirigió hacia la caseta de la piscina, descalzo y con pasos silenciosos.

Se encontró a Becca sentada sobre el banco junto a la pared, con la cabeza agachada y mirando al suelo, y con las manos agarradas sobre el regazo. Se había puesto el bañador, que hacía evidente la palidez de su piel, apenas bronceada en los días que habían pasado al sol. Y de repente, le vino a la mente una viva imagen de los dos en la cama, sus pálidas piernas entrelazadas con las suyas más oscuras.

−¿Qué ocurre?

Inconscientemente, habló en griego. El despertar de su libido le impidió pensar en la traducción al inglés.

El sonido de su voz hizo que Becca levantara la cabeza y le mirara a los ojos. Había algo en su mirada que no lograba descifrar del todo. Algo nuevo y diferente que ponía en evidencia que algo había cambiado en el rato que había pasado lejos de él.

–¿Estás bien?

–Sí, muy bien.

Las palabras sonaron falsas y la sonrisa que le dirigió se encendió y apagó cual anuncio luminoso. En cuanto desapareció, el rostro se tornó rígido e inexpresivo.

–¿Te queda bien?

Debía de quedarle bien cuando lo llevaba puesto. Entonces, ¿qué hacía sentada allí dentro en lugar de salir al sol?

–Sí –respondió, señalándose con un gesto no muy firme de la mano–. Me ha cabido pero… –parecía insegura de cómo iba a reaccionar él.

Claro. Necesitaba seguridad. Se sentía insegura sobre su aspecto, pensó Andreas.

–Levántate y déjame ver.

Al principio pensó que se iba a negar y que insistiría en quedarse donde estaba. Pero entonces, se levantó despacio. Por un instante, sus manos revolotearon con nerviosismo, y luego las dejó caer a ambos lados de su cuerpo. Era obvio que le costaba someterse a su valoración. Al observarla, Andreas sintió un fuerte latido en su corazón.

No se había percatado de lo espectacular que era el cuerpo que Becca había estado escondiendo bajo los amplios vestidos y camisetas sueltas que se había puesto los días que llevaba en la isla. Sí se había fijado en que tenía un tipo enormemente femenino, con curvas en los lugares apropiados, pero no se había imaginado lo que estaba viendo. Si antes se había fijado en la palidez de su piel, ahora veía el suave reflejo rosado que le daba la corriente sanguínea que circulaba bajo la superficie, y que le daba un lustre como el de las más finas perlas. El contraste de la palidez de su piel con el lustroso cabello moreno resultaba sorprendente, sobre todo combinado con el suave y original color de su ojos.

Sus hombros se curvaban suavemente hacia unos elegantes brazos delgados. Y en el lugar en que se unían a la base del cuello, en su opinión una de las partes más seductoras del cuerpo de una mujer, le latía fuertemente el pulso, delatando su estado de ánimo. ¿De verdad se sentía tan insegura?

—Estás preciosa —dijo con una sonrisa, en un intento por darle el ánimo que creía que necesitaba. Además, realmente lo pensaba—. Preciosa.

Tenía unas piernas interminables, y el bañador se ajustaba perfectamente a cada curva de su cuerpo, a la protuberancia de sus pechos y la finura de su cintura haciendo que se le secara la boca. Tenía ganas de agarrarla y acercarla a él, de envolverla en sus brazos y besarla sin sentido. ¡Diablos, deseaba mucho más que eso!

Algo de lo que estaba sintiendo debió de reflejarse en su rostro, pues notó que sus cautelosos ojos se abrían todavía más, y sus manos volaron hacia el escote del traje de baño, cubriendo con sus brazos la curva de sus pechos.

—No… —dijo él, adelantándose un paso para apartar las manos de su cuerpo con gentileza pero con firmeza. Y aunque ella se tensó por un momento, cedió y se dejó llevar con un suspiro. Sus blancos dientes mordieron el labio inferior que, a pesar de sus obvios esfuerzos por controlarlo, temblaba ligeramente—. No… —repitió más suavemente—. No, *agape mou*, nunca te escondas de mí.

—Pero… tú… yo… —su voz era un susurro, y parecía tener problemas encontrando las palabras. Ya no eran sólo sus labios los que temblaban, sino todo su cuerpo, como comprobó al rodearla con los brazos.

–No… –dijo de nuevo, inclinándose hacia delante y pronunciando las palabras con los labios rozando los suyos–. Nunca te avergüences delante de mí. ¿Por qué ibas a querer esconder tanta belleza cuando todo hombre se deleitaría viéndote, abrazándote…?

–Yo… –Becca apenas pudo distinguir las palabras de Andreas del fuerte zumbido que tenía en la cabeza, que hacía que sus pensamientos giraran vertiginosamente. Andreas pensaba que temblaba porque era tímida, porque le preocupaba lo que el hombre con el que estaba pensaría de ella en bañador.

No podía equivocarse más. Estaba nerviosa, sí, pero no por las razones que él creía. No porque fuera la primera vez que la veía así, con tan poca ropa, sino por lo contrario. Porque ella sabía que la había visto así antes, y no sabía si verla así vestida le recordaría algo, si el bloqueo mental que tenía desaparecería en un instante.

Y tenía miedo de que repitiera su comportamiento de aquel día y de que la echara de la casa antes de tener la oportunidad de hablar con él.

–Andreas… –estaba tan asustada, que su nombre salió de sus labios como un agudo sonido disonante, y trató de aclararse la garganta–. Gracias… –consiguió decir, sonando un poco mejor. Para su asombro, Andreas sacudió la cabeza.

–*Ochi*… otra vez no.

El sonido de su voz en su propio idioma resultaba más sensual todavía. Y cuando le puso un dedo sobre los labios para que no dijera nada, y la esencia de su piel invadió sus fosas nasales, todos sus sentidos empezaron a dar vueltas. Tuvo que hacer un esfuerzo por contener las ganas de abrir los labios y saborear su piel con la lengua.

–Yo soy el que debería estar agradecido.

–¿Por… por qué?

–Por quedarte.

–Bueno, me lo pediste y se suponía que yo…

–Eso no es lo que quiero decir.

Mirándola fijamente a los ojos, Andreas desplazó el dedo hacia su frente y lo deslizó alrededor de su rostro por la sien y la mejilla y hasta su barbilla, haciendo que levantara el rostro hacia él.

–¿No sabes que en cierta forma eres la persona a la que mejor conozco? No recuerdo el año pasado con los demás, Leander y Medora… no lo recuerdo, pero no me importa mucho pues no hemos cambiado. Pero tú… tú eres la que siento que he conocido mejor en los días que llevas aquí, a la que más unido me siento… y me gustaría estarlo más.

–¡Oh, no! –gritó antes incluso de pensar en lo que iba a decir si le preguntaba por qué no. No podía dejar que siguiera…

Pero Andreas no estaba escuchando, y la oportunidad de decir algo se evaporó cuando los dedos bajo su barbilla presionaron un poco más, acercando su rostro un poco más al suyo. Y cuando sus labios la besaron, perdió los sentidos y toda capacidad de pensar.

Andreas empezó a besarla despacio y ligeramente, pero en cuestión de segundos pasó a hacerlo con deseo e insistencia. Y a pesar de sus temores, o quizás precisamente por ello, Becca no se vio con fuerzas de resistirse. No deseaba hacerlo. Se rindió al beso y se derritió entre sus brazos, que la rodearon con más fuerza.

Estaba pegada a él, a su pecho, con la cabeza sobre su hombro. El vello oscuro que le cubría el pecho tenía un tacto suave bajo su barbilla. Suspiró y frotó la mejilla contra su pecho, sintiendo el cosquilleo sobre su piel. Bajo el bañador, sus pezones se endurecieron, presionando contra el tejido, y una cálida humedad se formó entre sus piernas.

–Becca…

Fue un sonido gutural, el sonido de un intenso deseo que igualaba el suyo. Esa vez, cuando volvió a conquistar sus labios, el beso fue ardiente y el abrazo intenso. Y Becca se dejó llevar. El atronador deseo de su corazón ahogaba cualquier débil vocecilla de precaución. Aquello era lo que quería, lo que necesitaba en ese momento. No le importaba el pasado, ni tenía idea de lo que el futuro le aguardaba. Lo que quería estaba ahí mismo en ese momento.

Se había pasado casi un año llorando la pérdida de esa pasión en su vida, detestando lo frío, duro y vacío que le parecía el mundo sin esa pasión. Ahora tenía una oportunidad, probablemente la última, de disfrutar del placer de estar donde más quería, en los brazos de Andreas, con sus labios pegados a los suyos y las manos sobre su cuerpo. Era lo que más quería en el mundo.

Las fuertes manos de Andreas le acariciaban la espalda, y la sensación le hizo gemir y arquear la espalda como un gato ante las caricias. El movimiento hizo que pegara su cuerpo al de Andreas y sintiera su potente erección a través del ligero tejido de sus respectivos trajes de baño. Falta de aliento, le acarició con la pelvis, haciendo que inhalara un torrente de aire como si se estuviera ahogando.

–¡Becca!

Fue medio protesta medio aliento, y aferró las manos al trasero de Becca, haciendo que se parara, pero al mismo tiempo manteniéndola presionada contra él.

Las palabras que murmuró en griego al oído de Becca, fueron incomprensibles, pero no hacía falta saber mucho griego para entender lo que intentaba decir. Y era algo que ella misma deseaba decirle.

—Te deseo… —dijo ahogadamente.

—*Nai*…

No necesitaba decir mucho para demostrar que comprendía y compartía el mismo anhelo que ella sentía en su interior. Con la fuerza de sus brazos, la levantó del suelo y se dirigió a la puerta abierta de la caseta.

—Andreas… —una repentina sensación de vergüenza ante la idea de que la llevara así por toda la casa la invadió—. ¿Y si nos encontramos con Medora o Leander por el camino?

Pero Andreas sacudió la cabeza instintivamente, desechando sus preocupaciones con una sonrisa.

—Estamos solos. Nadie nos molestará. Y desde luego, no te voy a hacer el amor en el suelo de la caseta de la piscina.

Becca apenas se percató de la travesía por toda la casa, escaleras arriba. Sólo cuando empujó una puerta con el hombro y la llevó a la cama se dio cuenta de dónde estaban. En el dormitorio principal. Su habitación de casados. La habitación que nunca había compartido con él… al menos para dormir. ¿Le había dirigido allí su inconsciente, o había sido una simple coincidencia? Pero en el momento en que Andreas la dejó deslizarse para poner los pies de nuevo en el suelo, se olvidó de la pregunta. Antes incluso de que sus pies tocaran el suelo, ya le había quitado los tirantes del bañador de los hombros.

Sus labios siguieron el mismo camino, recorriendo

con besos la distancia entre la base del cuello y la curva de sus pechos, haciendo que suspirara de placer.

–Lo sé, *kalloni mou*… –Becca pudo oír su sonrisa, sentirla contra su piel, y ella misma sonrió, echando la cabeza hacia atrás para dejarse acariciar–. Es como yo me siento también. Como me haces sentir.

Su cabeza siguió el descenso, una vez el resto del bañador se hubo desprendido. Cuando se detuvo para deslizar la lengua en el hueco de su ombligo, dibujando un círculo a su alrededor, Becca no pudo reprimir un grito en respuesta y agarrarle el cabello con las manos para asegurarse de que no apartara la cabeza.

De rodillas delante de ella, él la ayudó a sacarse el bañador y lo tiró sin ni siquiera mirar, centrando su atención en darle placer. La sensación de sus besos justo encima del vello púbico hizo que Becca se retorciera de anticipación. Quería sentirle por todas las partes del cuerpo, deseaba cada beso, cada caricia. Y cada beso y cada caricia aumentaba más todavía su ávido deseo.

–¡*Anypomonos*, impaciente! –se rió Andreas, y Becca sintió la calidez de su aliento acariciándole la sensible área entre sus piernas–. Pero me gusta eso. Me gusta saber que te excito tanto como tú a mí.

–Lo sé… –consiguió decir Becca en un quebrantado susurro, sintiendo la corriente de deseo humedecer sus partes más íntimas al empezar Andreas a besarla de nuevo, pero ahora recorriendo el camino en sentido inverso hasta llegar de nuevo a sus senos–. Lo sé… –repitió con un sentido suspiro–. Te deseo, te necesito…

Ahora que estaba de nuevo erguido, ella podía soltarle el pelo y explorar más su cuerpo, dejando que sus dedos se deslizaran sobre la cálida piel tersa que cubría sus potentes músculos. No sabía dónde le necesitaba más, si prefería sus manos en sus senos, haciendo que sus pezones se endurecieran, o sus labios sobre los suyos y su lengua explorando su interior. Lo quería en todas partes, pero sobre todo dentro de ella.

—Esto fuera –le reprochó en un murmullo al encontrarse con la cintura de su bañador, empujándolo impacientemente hacia abajo. Soltó un suspiro al dejar al descubierto su suave cintura y los firmes músculos de sus glúteos. Cuando el bañador cayó al suelo y él lo desechó con el pie sin apartar la atención de sus manos y labios, ella deslizó las manos entre sus piernas, acariciando la parte más dura de su cuerpo. Al oír el gemido de placer de Andreas, el corazón de Becca se aceleró, intensificando su deseo y la humedad entre sus piernas.

—¡Bruja! –murmuró él roncamente, apartando sus labios de ella para inhalar una bocanada de aire–. Torturadora, tentadora…

Y con un deseo demasiado intenso para gentilezas, Andreas la aupó y empujó sobre la cama. Antes de que Becca pudiera recuperarse de la sorpresa, Andreas se tumbó junto a ella. Le agarró los senos, llevándolos a sus labios, y empezó a dibujar eróticos círculos con la lengua, haciendo que Becca se retorciera y suspirara de impaciencia. Luego, se centró en un pecho y succionó suavemente el pezón.

Al mismo tiempo, se colocó sobre ella, entre sus piernas. Se posicionó de modo que su erección rozara el núcleo central de su cuerpo, tan cerca pero a la vez tan lejos de ofrecerle la satisfacción completa que tanto anhelaba.

–¡Andreas! –murmuró ella con impaciencia entre los dientes–. No juegues conmigo…

–¿Jugar, *agape mou*? –le preguntó suavemente con una traviesa sonrisa en los labios–. ¿Qué te hace pensar eso? Simplemente quiero asegurarme de que esto es lo que quieres. De que…

–¡Sabes qué es lo que quiero! –exclamó ella, dándole un golpe en el pecho con los puños cerrados de las manos. Andreas le agarró las manos a la altura de las muñecas, sujetándolas a los lados, contra la cama.

–¿A sí?

–Sí, por favor, Andreas… sí…

–Bueno, si lo pides con tan buenas maneras… –Andreas elevó un poco su cuerpo, y se acercó a donde ella lo quería, pero sin llegar… y volvió a detenerse.

–Andreas… –le advirtió Becca.

–Bien, entonces, ¿quién soy yo para privar a una señorita?

–¡Tú…! –lo que fuera a decir fue interrumpido por un agudo grito de satisfacción cuando Andreas cesó de tantearla y la penetró con un fuerte impulso.

–¡Andreas!

Esa vez su nombre fue un salvaje y penetrante sonido de placer, ahogado por los labios de Andreas. Becca cerró los ojos y arqueó la espalda para disfrutar más del erótico ritmo de los impulsos de Andreas, y se dejó llevar por el ardiente deseo, un deseo que no conocía límites ni restricciones. Libres, las manos de Becca se aferraron a los hombros de Andreas, clavando las uñas en su espalda al entregarse a las gloriosas sensaciones que estaban creando entre los dos. Con cada impulso se sentía más cerca del cielo. Podía sentir la tremenda tensión que se iba acumulando en su interior, cada vez más intensa. También la sentía en Andreas, en la tensión de cada músculo, en su respiración irregular, en la forma en que apretaba sus manos alrededor de los brazos de Becca, casi amoratándolos.

La cima del éxtasis estaba tan cerca, tan, tan cerca, y sin embargo parecía que nunca fueran a llegar. De repente, Andreas agachó la cabeza, atrapando ente sus labios uno de sus pezones, succionándolo y creando una estimulante sensación de placer que hizo que llegara al borde en un instante. El mundo desapareció en ese momento. No podía ver ni oír, sólo sentir, sentir la sensación más intensa y salvaje que jamás había sentido antes.

En alguna parte de su mente registró el grito primitivo que indicaba que Andreas estaba con ella en ese mundo. Sintió cómo su cuerpo se tensaba y la seguía a ese mundo irreal, ese éxtasis que les absorbía.

Durante un buen rato, se quedaron sin moverse hasta volver a la realidad. Entonces, Becca le rodeó con los brazos para hacer algo que deseaba hacer, sentir las réplicas de placer recorriendo su cuerpo. Se le encogió el corazón de agridulce deleite cuando, apenas consciente, él se volvió hacia ella y le dio un dulce y tierno beso en la mejilla antes de quedarse dormido. Un momento después, ella le siguió sin dejar de abrazarlo.

No tenía ni idea de cuánto tiempo llevaba dormida, sólo que, al fin, había surgido lentamente, y muy a su pesar, de las oscuras aguas del sueño y había vuelto a la realidad. A través de la ventana, vio que el sol empezaba a ponerse, y que la luminosidad de la tarde estaba desvaneciéndose, creando sombras en la habitación. Nada comparado con la sombras que empezaban a invadir su mente y su corazón.

Junto a ella, Andreas todavía dormía profundamente con la cabeza sobre el brazo de Becca, un mechón de pelo negro azabache sobre la ceja, y barba de un día. Su respiración era profunda y acompasada y, animada por el hecho de que estaba en otro mundo y era ajeno a lo que ocurría a su alrededor, Becca se dedicó a observarlo y a estudiar su rostro como si quisiera dejar grabada la imagen en su mente en previsión de futuras épocas de escasez. Pues eso era lo que le esperaba, reconoció con tristeza. Tras aquel acontecimiento las cosas no serían lo mismo.

Con un profundo suspiro, se quedó tumbada, mirando al techo. El miedo y la tristeza empañaron su mirada con lágrimas de miedo y tristeza.

–No podemos volver –susurró, recordando cómo había pensado de camino al dormitorio lo extraordinario, refrescante y maravilloso que podía ser ese momento especial con el hombre al que amaba, de una forma que jamás podría serlo de nuevo. Incluso si la memoria de Andreas volvía, no podrían volver a repetir aquel mágico momento único y excepcional en el que se habían encontrado el uno con el otro de nuevo, una experiencia comparable con la vez en que perdió su virginidad con Andreas, pocas semanas después de conocerse. Aquel glorioso momento era pasado, y las cosas nunca serían tan maravillosas de nuevo.

La fría y desagradable sensación de miedo que le comía por dentro hizo que se enfrentara al hecho de que las cosas sólo podrían ir cuesta abajo. Pero ¿cuesta abajo, adónde? ¿Hasta dónde podían llegar las cosas?

Junto a ella, Andreas se movió, murmurando ligeramente en sueños. El sonido hizo que Becca girara la cabeza para mirarlo en el momento en que se estiraba y abría los ojos para mirarla. Y lo que vio en aquella oscura mirada hizo que se le helara la sangre al darse cuenta de que las cosas podían empeorar.

De hecho, acababan de hacerlo.

Capítulo 9

ANDREAS había estado soñando.

En sueños, había estado en un mundo que era muy diferente del cálido día que había terminado. Un mundo más gris y frío, pero en el que la impresión más vívida era la de una lustrosa hierba, suave como el terciopelo, que brotaba bajo sus pies de camino a una carpa levantada en medio de la vasta extensión de césped.

Dentro de la carpa, se oía un gran bullicio de conversaciones, risas y copas de cristal. Había cientos de personas reunidas. En el sueño los hombres eran simples borrones grises o negros, y las mujeres, multicolores. No sabía lo que estaba haciendo allí. Se sentía fuera de lugar. Pero sabía que era el lugar en el que tenía que estar, ya que todo el mundo parecía estar esperándole, pues todas esas personas sin rostro se volvieron, levantando sus copas para brindar cuando entró en la carpa, y le felicitaron. Felicitaciones que eran como rasguños sobre su piel, que le despojaban de una capa protectora volviéndole inquietantemente vulnerable, y acentuando la sensación de estar en el lugar equivocado, en el momento equivocado, y con la gente equivocada. No había nadie a quien reconociera, nadie con quien conversar o a quien sonreír.

Tampoco era que tuviera ganas de sonreír a nadie. Su humor tampoco era el apropiado para una feliz congregación como aquella. Se sentía más bien como un lobo salvaje en medio de una congregación de paradisíacos pájaros, a la caza de uno especial para zampárselo. Y sabía cuál estaba buscando. Estaba allí, en alguna parte, y cuando la encontrara…

De repente, se hizo el silencio. Los bulliciosos pájaros paradisíacos pararon de moverse, de hablar, y se quedaron en silencio. Al otro lado de la carpa pudo verla. Alta y delgada y vestida de blanco… un vestido simple y sin adornos, blanco de arriba abajo, en contraste con los colores a su alrededor. Cuando la vio se quedó con la boca abierta por unos segundos. Luego se dirigió hacia ella en medio de la multitud que despejaba el camino hacia ella.

No podía ver su rostro, ni siquiera el borrón rosado que veía en todos los demás. No veía nada más que blanco. Y entonces, al acercarse, de repente oyó la voz de una joven, una voz alta y clara y llena de felicidad y risa contenida.

—¡Sí quiero, sí quiero! ¡Sí quiero, sí quiero!

Las palabras se repetían una y otra vez. Y a sus espaldas, la multitud murmuraba y se reía y rompió repentinamente en aplausos. Aplausos que no consiguieron ahogar las alegres palabras.

—¡Sí quiero, sí quiero!

La cabeza le dolía y sentía una insoportable presión en las sienes. Deseaba frotárselas con las manos para aliviar la presión, pero no pudo. Algo se lo impedía. Oyó otra voz y se dio cuenta, sorprendido, de que era la suya, y que las palabras que trataba de formar eran las mismas de la alegre voz que se repetía en su mente.

Sí quiero.

Aunque poco claras, fueron suficientes para hacer que la figura vestida de blanco se volviera hacia él.

Parpadeando, consiguió enfocar su mirada algo más. Llevaba un largo velo blanco que ocultaba su rostro. Pero cuando ella le miró, sonrió. No pudo ver la sonrisa, pero sabía que estaba allí. Lo sentía. Sabía que estaba sonriendo del mismo modo que sabía que no le gustaba esa sonrisa ni una pizca.

–Andreas… –dijo seductoramente. Y entonces, se levantó el velo, y todo lo que pudo ver Andreas eran sus increíbles ojos azules celestes, ojos del color del mar… Y en su cabeza, lo único que podía oír era la alegre voz diciendo:

–Sí quiero, sí quiero…

¡*Becca*!

El paso que retrocedió en su sueño, la sacudida que le produjo, hizo que se despertara. Al despertar, se dio cuenta de que el césped verde, la carpa, los invitados eran una fantasía, y que la realidad era que estaba en su cama, en su casa, que estaba oscureciendo… y que no estaba solo.

Olió su piel antes incluso de abrir los ojos, e inhaló la cálida y particular esencia de su cuerpo. Escuchó el sonido de su respiración, y también percibió la esencia de la pasión impregnada en las sábanas, cuyos efectos todavía perduraban en la pesadez de sus extremidades, la sensación de satisfacción, la enorme reticencia a moverse. Pero al mismo tiempo, algo perturbaba sus pensamientos, que volvían una y otra vez al sueño que había tenido. Algo le había dicho que debía despertar, pensar, actuar.

Con esfuerzo, abrió los ojos y se encontró mirando los mismos hermosos ojos azules de la mujer de su sueño. Ojos que lo miraban con aprensión. La traición tenía un terrible sabor amargo en su boca.

–¡Rebecca!

Nadie hacía sonar su nombre como Andreas, reflexionó Becca. Nadie le daba esa exótica entonación, haciendo que sonara como una palabra totalmente diferente. Y nadie la había dicho con un tono tan frío, un tono que le hizo sentir que estaba pisando una finísima capa de hielo.

–Mi querida esposa. ¿Qué demonios estás haciendo aquí?

–Yo pensaría que es obvio –enseguida se arrepintió de lo que había dicho. Se arrepintió del estúpido tono de ligereza en su voz, del gesto de la mano indicando la cama desarreglada en la que estaban tumbados. Además, atrajo la atención de sus ojos negros a la desnudez de su cuerpo, lo que hizo que se sonrojaran sus mejillas y, en un momento de pudor, agarró las sábanas para taparse.

–Creo que es un poco tarde para eso –observó Andreas cínicamente–. Ahora que recuerdo mi pasado, no recuerdo los hechos más recientes… –sus ojos se entrecerraron–. ¿Puedes decirme lo que ha pasado aquí?

–¡Ya sabes lo que ha pasado!

Lo sabía, ¿no? Andreas la había reconocido, y la había llamado esposa con un tono atrozmente cruel. De alguna manera, lo que había ocurrido había abierto lo que fuera que estuviera bloqueando su memoria y, mientras dormía, las piezas se habían colocado en su sitio. Pero ¿recordaba todo completamente?

–Hicimos… hicimos…

–Hemos practicado el sexo –le interrumpió Andreas abruptamente, mientras ella balbuceaba, intentando decir *el amor* al ver la mirada de desprecio de sus negros ojos–. Eso es obvio, pero lo que quiero decir es qué estás haciendo aquí. Te dije que te fueras y no volvieras.

–Ya lo sé… pero no pude evitarlo.

—¿Por qué? No me digas que has vuelto para decir que lo sientes… que…

—¡Por supuesto que no!

¿Cómo podía pensar que tenía algo por lo que disculparse? Andreas había sido el que le había dicho a la cara que sólo se había casado con ella por sexo.

—Eso pensaba.

Andreas saltó de la cama y cruzó la habitación hacia donde, poco antes, había tirado con tanto entusiasmo, y con ayuda de Becca, su bañador negro. Lo recogió y se lo puso con movimientos bruscos que reflejaban hostilidad y agresividad.

—Por mucho que me guste verte en mi cama con tan sólo una sábana cubriendo tu cuerpo desnudo, preferiría que te pusieras algo. Me gustaría tener una conversación sin distracciones innecesarias.

—No puedo.

Becca no podía permitir que sus pensamientos se centraran en el hecho de que la visión de su cuerpo desnudo todavía pudiera distraer a Andreas. No era el efecto que quería tener sobre él, ¿o sí? En su cuerpo todavía sentía los sensuales efectos de las atenciones de Andreas. La sangre todavía le hervía y sentía la piel tan sensible, que hasta el roce de las finas sábanas resultaba insoportable. Algunas partes del cuerpo le dolían, y otras estaban ligeramente coloradas, pero los dolores y los moratones no le importaban. Sus pezones aún estaban sensibles, y todavía sentía las pulsaciones en el área entre las piernas. La sola idea de tener que ponerse un bañador ajustado le resultaba francamente insoportable.

—Lo único que hay aquí que me pueda poner es eso… —dijo. El inconsciente gesto que hizo con la mano para señalar el bañador color lavanda que yacía en el suelo hizo que se le escapara la sábana. Volvió a agarrarla deprisa y se la pegó al cuerpo como si fuera un escudo protector frente a aquellos ojos negros acusadores. Vio torcerse ligeramente los labios de Andreas para formar una sonrisa, y sintió un escalofrío al darse cuenta de lo inexpresivos que seguían sus ojos, sin luz alguna.

—En ese caso prefiero la sábana.

En realidad no, se dijo Andreas. La sábana era casi igual que no tener nada. El ligero tejido de algodón caía sobre las curvas de su cuerpo, marcando las caderas y los pechos de una forma que quitaba el aliento. Y a través del tejido blanco se entreveía la sombra oscura ente sus muslos, lo que le recordaba la sensación de los rizos sobre la parte más íntima y sensual de su cuerpo. Sólo recordarlo hacía que el pulso retumbara en su cabeza, impidiéndole pensar.

Bueno, tenía que admitir que no deseaba pensar para nada. Lo que quería era tirarse de nuevo a la cama junto a ella, arrancarle la sábana de las manos y empezar a hacerle el amor de nuevo. Todavía tenía en la boca el sabor de sus labios y de sus pechos, en su piel el embriagador perfume de la suya. Se le subió a la cabeza, nublándola, haciendo que le diera vueltas. La combinación con el ardor del latente deseo resultaba letal. Sentía como si la cabeza le fuera a explotar.

Pero tenía que controlarse. Tenía que pensar claramente. Su cuerpo y sus sentidos estaban encantados de volver a ver a Becca, pero el sentido común le decía que debía andarse con cuidado. Si había vuelto, era por interés personal, y quería saber cuál era antes de hacer alguna tontería más. Ya le había pillado desprevenido una vez, cuando su cerebro todavía estaba confuso por el accidente. Y no iba a dejar que ocurriera de nuevo.

Pero sólo mirarla hacía que sintiera un deseo sexual

tan intenso. Después de casi un año viviendo sin ella, pensaba haberse olvidado del impacto que tenía sobre sus sentidos pero, al parecer, no tenía más que reaparecer en su vida y él volvía a convertirse en esclavo de su libido, como un adolescente excitado ante su primera relación sexual.

Y creía que se había olvidado... ¡Ja! Una irónica carcajada se escapó de sus labios al darse cuenta de la amarga ironía de lo que acababa de pensar. Se había pasado los últimos meses intentando olvidar a alguien llamada Becca Answorth, legalmente Becca Petrakos, aunque no moralmente. Y había fracasado miserablemente.

–¿Andreas?

Becca lo observaba, nerviosa. Sentada allí, envuelta en la sábana, y con esos enormes ojos azules en aquel rostro perfecto, parecía la personificación de la inocencia. Parecía tan inocente que casi podía creerla.

Aquélla era la Becca que había intentado desterrar de su mente. Pero entonces, el accidente lo había hecho por él, borrándola de su memoria. Y en ese periodo de tiempo, ella había vuelto a entrar en su vida tan frescamente, y le había mentido.

Y él había sido lo suficientemente tonto como para dejar que su deseo por ella ahogara sus sentido común. Un pequeño tirón de la dorada cadena de sensualidad que les unía, y había caído en la cama con ella. Al parecer, justo donde quería tenerlo.

Pero ¿por qué? ¿Qué quería de él? Estaba claro que no se trataba sólo de sexo. Tenía que tener escondido algo en la manga.

¿Qué había pasado entre ella y su preciado Roy Stanton? Porque algo tenía que haber pasado para que volviera, cuando había jurado que antes moriría que volver.

–Pensándolo mejor... –se giró hacia la puerta, donde colgaba su albornoz negro. Lo cogió y se lo tiró descuidadamente a Becca, sin importarle que fallara el blanco y terminara en el suelo unos metros más allá–. Póntelo. Ya te tengo demasiado vista.

Mentiroso, le reprochó su conciencia. ¿Acaso no le habían enseñado nada el último par de días? Jamás podría saciarse de verla, de sentirla, de saborearla. La verdad era que la pasión que sentía por Becca le atontaba, y ésa era una sensación que no le gustaba nada.

–Y después puedes empezar a explicarme qué es lo que pretendes.

–¡No pretendo nada! –protestó Becca, intentando de salir de la cama y alcanzar el albornoz sin soltar la sábana que la envolvía.

–¿No?

–No.

–A mí me lo parece. No esperarás que me crea que has venido por amor, para pedirme que te vuelva a aceptar en mi vida... Eso pensaba –añadió al ver la expresión del rostro de Becca y sus labios apretados–. Entonces está claro que has venido por algo, y quiero saber el qué.

Y cuando lo supiera, estaría encantado de rechazar su petición, pensó Becca mientras trataba otra vez de coger el albornoz negro. Ahora sí que había metido la pata. ¿Qué se había apoderado de ella para meterse en la cama con él, olvidando completamente la razón por la que estaba allí? Debería haber sabido que era posible que algo como hacer el amor apasionadamente... o el sexo apasionado, corrigió, combinado con el hecho de que llevaba el mismo traje de baño con el que prácticamente la había visto por última vez, podía estimular su memoria, si no la reavivaba completamente. Ja-

más podría perdonarse si echaba por tierra la oportunidad de Daisy de conseguir la operación que podía sal-
varle la vida por su estúpida pasión.

Ya tenía el albornoz en la mano, pero intentar po-
nérselo sin soltar la sábana que la cubría resultaba imposible. Y para empeorar las cosas, Andreas estaba de
pie al otro lado de la habitación, observándola con mirada divertida.

–Podrías tener la cortesía de mirar a otro lado –le
dijo con indignación, sabiendo que la lucha que libraba
por mantener la sábana en su sitio estaba haciendo que
su rostro se sonrojara y pareciera nerviosa.

–¿Por qué? –replicó él, apoyado en la pared y con
los brazos cruzados–. ¿Lo has hecho tú conmigo?
¿Has apartado la mirada al levantarme de la cama?
¿Insististe entonces en cubrirte los ojos?

–Es diferente.

–¿Ah, sí? ¿Puedes decirme cómo es diferente? Me
gustaría saber por qué tú puedes comerme con los ojos
cuando estoy desnudo y yo no…

–¡Yo no te he comido con la mirada!

–A mí sí me lo ha parecido. Casi que podía sentir el
ardor de tu mirada sobre la piel, incluso estando al otro
lado de la habitación. Pero no soy tan hipócrita como
para pretender falsa modestia poco después de haberme revolcado en la cama contigo.

–¡No estoy pretendiendo nada! Es sólo que ya no
me siento bien así –tensa, esperaba la brutal respuesta
de Andreas.

Pero para su sorpresa, no llegó. En su lugar, el rostro de Andreas se puso rígido hasta el punto de que sus
facciones parecían estar esculpidas en granito, y sus
ojos, en azabache.

–Mis disculpas –dijo en un tono que parodiaba las

educadas palabras–. En ese caso, te esperaré abajo.
Creo que los dos nos sentiremos más capaces de mantener esta discusión en territorio más neutral. Prepa-
raré algo de café. Tardarás… ¿cuánto? ¿Cinco minutos?

Esos cinco minutos fueron más bien una orden que
una sugerencia y, dejando a Becca tratando de encontrar la forma de responderle sin parecer mezquina ni
débil, se giró sobre los talones y se marchó.

Capítulo 10

BECA tardó siete minutos en bajar.
Estaba decidida a no dejar que Andreas pensara
que podía chasquear los dedos y que ella acudiría a hacer lo que dijera. Pero al mismo tiempo, no era
buena idea dejarle esperando demasiado. Su humor
empeoraría por minutos y, como ya se había levantado
con un humor bastante malo, no quería arriesgarse innecesariamente.

Primero fue a su habitación para escoger alguna
ropa y darse una ducha rápida. ¿Pero qué se ponía uno
para pasar tal prueba emocional?, se preguntó casi histérica. Una prueba en la que Andreas no sólo era juez y
jurado, sino también abogado de la acusación. El ligero vestido que eligió en primer lugar le pareció demasiado revelador y frívolo. Una camiseta blanca y
una falda de estampado indio también fueron descartados cuando el botón de la cintura resultó demasiado difícil de abrochar para unos temblorosos dedos. Al final,
se quedó con la camiseta blanca y unos vaqueros, y decidió que ya había dejado clara su postura sin arriesgar
que Andreas perdiera la paciencia, por lo que se apresuró escaleras abajo.

Andreas estaba en la sala que daba a la piscina. Lo
primero que notó Becca fue que también había aprovechado para vestirse. Llevaba una camisa de manga corta
negra abierta y pantalones de lino negro y talle bajo. Al

igual que ella, estaba descalzo, como solía estar tan frecuentemente en la casa.

Había abierto las puertas que daban al patio, y estaba de pie disfrutando de la vista del mar. Pero Becca tenía la sensación de que estaba tan absorbido en sus pensamientos, que realmente no admiraba nada. Tenía una taza del fuerte café que solía tomar en una mano. Otra taza con una versión menos potente descansaba sobre la mesita que tenía a sus espaldas. No se volvió cuando Becca llegó, ni hizo ninguna señal de que hubiera notado que estaba allí. Siguió mirando al horizonte y, tras esperar unos momentos para ver qué iba a hacer, Becca se aclaró la garganta.

—Querías hablar conmigo.

Se giró despacio y, una vez cara a cara, sus ojos la recorrieron de arriba abajo.

—*Déjà vu* —murmuró con tono irónico—. ¿No hemos estado aquí antes?

Fue entonces cuando Becca se dio cuenta de que estaban ambos vestidos para una repetición de la espantosa escena de la tarde del día de su boda. La escena que había acabado con su matrimonio. El recuerdo fue suficiente para debilitar algo sus piernas y hacer que se pensara dos veces si debía ir a por la taza de café de la mesa, por miedo a que la mano le temblara tanto, que delatara su estado de nervios. En su lugar, se apoyó en uno de los brazos del sofá, esperando parecer moderadamente relajada.

—Bien, ¿de qué vamos a hablar?

Andreas tomó un sorbo de café y se quedó absorto, mirando el interior de la taza, como si esperara encontrar alguna inspiración en la oscura bebida. Becca se dio cuenta entonces de que también había aprovechado el tiempo para darse una ducha antes de bajar, y su cabello también estaba mojado. Pero, a diferencia del suyo, le favorecía, dándole a sus mechones negros un aspecto brillante y ligeramente puntiagudo que le iba muy bien, mientras en su caso los mechones aplastados tenían el efecto contrario.

–¿Por qué no empiezas a decirme lo que parece tener tanta importancia como para que estés dispuesta a venderte por conseguirlo?

Becca estaba contenta de estar sentada. Estaba segura de que sus piernas no la hubieran sostenido.

–¡No he hecho eso! ¡No lo… no lo he hecho!

–Ah, ¿quieres decir que no has practicado el sexo conmigo hace un momento, justo en esa cama…? –hizo un arrogante movimiento con la cabeza hacia el techo, y la habitación que había encima de ellos.

¿Tenía que insistir en decir sexo de manera tan brusca? Le recordaba a la fría declaración de que se había casado con ella por sexo, nada más.

–Seguro que querías usarlo para obtener a cambio algo de mí.

–¡No! ¡De ninguna manera! ¡Nunca haría…!

–¿Ah, no? Me sorprendes. Eso nos deja con una única alternativa posible, y tengo que decir que nunca pensé que admitirías eso.

–No, no voy a admitir nada –gruñó Becca–. ¿Cuál es la otra alternativa?

Andreas le dirigió una falsa mirada inocente.

–Que estabas tan abrumada por el deseo y la pasión por mí que no pudiste resistir. Que ninguna otra cosa en el mundo importaba más que el estar juntos en la cama…

–¡No ha sido eso!

–¿No? Entonces… volviendo a mi primera interpretación de tus actos… querías usar el sexo para conseguir algo a cambio.

–¡No! ¡No es cierto!

–¡Oh, por favor, Rebeca! –exclamó Andreas con exasperación. Se acercó a la mesa y dejó la taza encima, dando un golpe tan fuerte, que hizo que algo de café se saliera de la taza–. Reconóceme al menos un poco de inteligencia. Es o una cosa o la otra. ¿Qué otra explicación puede haber?

–¿Un momento de locura? –dijo, intentando desesperadamente cambiar el rumbo de sus pensamientos–. Después de todo, eso es algo que siempre ha funcionado entre nosotros. Tú mismo lo dijiste… nadie te ha excitado jamás como lo hago yo.

La forma en que frunció el ceño indicaba que había dicho algo que no le había gustado. Y ella sabía de qué se trataba. Le había dicho esas mismas palabras el día de su boda, destrozando de un golpe todos sus sueños y esperanzas.

«Me he casado contigo por el sexo, nada más. Ninguna otra mujer me ha calentado como tú».

–Un momento de locura, humm…

Andreas se sentó en la sillón justo enfrente de ella, se reclinó sobre los cojines, estiró y cruzó las piernas, y apoyó los codos en los brazos del sillón y la barbilla sobre sus manos.

–¿No pensarás que iba a cruzar esta distancia para un rápido revolcón contigo?

–No –la sonrisa de Andreas reflejaba lo fácilmente que había caído en la trampa que le había puesto–. Por eso sigo haciéndote la misma pregunta que parece que intentas evitar por todos los medios. No estás bebiendo café –añadió.

–No me apetece.

–¿El café, o decirme por qué estás aquí?

–Ninguna de las dos cosas.

Tenía que dejar de ser impertinente, pues no llevaba a ninguna parte y, obviamente, estaba empezando a irritarle. Por la tirantez en sus labios, sabía que estaba conteniendo el tipo de mordaz comentario que podía despellejarla.

–¿Qué es lo que tienes que esconder?

–Nada… es sólo que…

–¡Rebecca! –el tono de voz de Andreas era bajo, casi suave, pero era la suavidad del siseo de una pitón justo antes de atacar con su veneno mortal, e hizo a Becca estremecerse al oírlo–. Dime por qué estás aquí o haz las maletas y vete de mi vida, y esta vez para siempre.

Si hacía eso, no podría ayudar a Daisy, y tampoco podría volver a ver a Andreas otra vez. No sabía cuál de las posibilidades le dolía más.

–¿No lo puedes adivinar? –murmuró.

–Quiero que me lo digas –respondió Andreas con expresión rígida.

–¿No es obvio? –ya no le importaba sonar desesperada… era como se sentía–. Dijiste que volvería por dinero y… bueno, aquí estoy.

–¿Has venido hasta aquí por dinero? –sonaba decepcionado.

–No te hagas el sorprendido, Andreas, ¡sabías que esto iba a pasar! Debías haber hecho la apuesta que querías hacer sobre que volvería a por dinero antes de un año. Habrías ganado. Aquí estoy, y es por dinero.

Fue la única forma que tuvo para hablar del tema. No podía ponerse de rodillas y rogar. Y por alguna razón tampoco podía hablar de Daisy todavía. No se sentía lo suficientemente fuerte para sincerarse con él. Al menos no después de lo que había pasado y del daño que le había infligido a su corazón. Así pues, había adoptado una actitud de ataque, deseando arremeter, pagar con dolor a cambio de dolor.

—¿Dinero para qué?

—¿Importa?

—Para mí sí.

—Pero te he demostrado que tenías razón. Eso debería proporcionarte inmensa satisfacción. He demostrado ser la codiciosa…

—Pero no me proporciona ninguna satisfacción —la interrumpió Andreas—. Ninguna en absoluto. Si te soy sincero, hubiera preferido que te mantuvieras alejada a que te presentes aquí de este modo… para esto.

¿Cómo podía alguien pensar que le produciría satisfacción tener razón en algo así? Había amado a aquella mujer una vez, había querido que formara parte de su vida para siempre, y le había engañado antes incluso de pronunciar sus votos. ¿No era eso lo que había soñado? ¿Que a pesar de haber tenido aviso previo había seguido adelante con la boda? Había querido creerla, confiar en ella, tener fe en la única mujer que había querido con todo su corazón. Y se había terminado casando con ella porque la amaba, convencido de que las cosas terribles que había oído sobre ella eran mentira. Pero había descubierto luego que eran ciertas.

¿De verdad pensaba que iba a disfrutar repitiendo la experiencia otra vez?

—Y dime… ¿para qué es? ¿Te has jugado el dinero hasta arruinarte? ¿Te has gastado una fortuna que no posees? ¿Te has hecho drogodependiente?

—¡Jamás haría eso! —protestó Becca, horrorizada por el mero hecho de que contemplara la idea—. No se trata de eso.

–¿Entonces por qué necesitas tanto el dinero? ¿Para quién lo quieres?

–¿Para quién? –Becca levantó la cabeza y lo miró con cierta confusión–. ¿A quién iba yo a...?

–Déjame que te lo explique para que no haya malentendidos: dime que el dinero no es para él, para Roy Stanton.

–Roy... ¡no, no lo es! –casi había sonado convincente, pero Andreas vio cómo bajaba la mirada por una décima de segundo para reunir las fuerzas para volver a mirarle a la cara–. No es para él.

Andreas no podía seguir sentado, observando el bello rostro de Becca y aquellos enormes ojos brillantes, sabiendo que no le estaba diciendo la verdad. No podía soportar ver esos suaves y tiernos labios formulando mentiras que transformaban su disgusto en ira.

No quería ni recordar las veces que había besado aquellos labios sin saber las mentiras que habían salido de ellos con tanta facilidad. No quería sentirse tentado por el hecho de que no tenía más que inclinarse hacia delante, abrazar aquel cuerpo tan sensual y presionar sus labios contra los suyos para que la sensual explosión que seguramente tendría lugar les hiciera olvidar las razones por las que Becca estaba allí, el pasado y todo lo que se había interpuesto entre ellos.

Ojalá no se hubiera acostado con ella esa tarde, para que el recuerdo de la pasión que podía encenderse entre ellos con una sola caricia no estuviera tan fresco en su mente. No tenía más que mirarla y su cuerpo se endurecía y anhelaba sus caricias, sus labios anhelaban besarla, y cada célula de su cuerpo pedía a gritos que apaciguara su deseo. Había tratado de convencerse de que no estaba tan buena como la recordaba, pero el poseerla después de tanto tiempo le había hecho darse cuenta de lo equivocado que estaba.

Y una sola vez no había sido suficiente… jamás sería suficiente. Tan sólo había servido para hacer que se diera cuenta de lo mucho que la deseaba otra vez… más que nunca. La satisfacción que había experimentado esa tarde en su cama ya se había evaporado. Sólo había servido para demostrarle que nunca podría saciarse de aquella mujer, incluso si se pasaba la vida intentándolo.

–¡Dime la verdad, maldita sea! –las hambrientas demandas de su cuerpo prestaban a sus palabras una mayor dureza. Poniéndose en pie, cruzó la habitación poniendo tanta distancia de por medio entre ellos como pudo, y se metió las manos en los bolsillos para esconder los airados puños en que se habían convertido–. ¡No me mientas, Rebecca! Jamás me mientas si quieres tener alguna esperanza de conseguir lo que quieres.

–No estoy mintiendo.

–Mientes si dices que Stanton no tiene nada que ver con esto.

Becca palideció, boquiabierta. Sus sospechas eran correctas, y lejos de hacerle sentir mejor, parecía asqueado.

–Te lo preguntaré otra vez… ¿tiene Stanton algo que ver con la razón por la que quieres el dinero?

¿Cómo respondía a eso?, pensó Becca tristemente. Sabía que mencionar el nombre de Roy Stanton era como encender una mecha de papel seco, y ya había intentado eludir la verdad una vez, evitando en lo posible responder con estricta veracidad. Ahora que había reformulado la pregunta, no podía hacerlo otra vez.

–No te molestes en decir nada, Rebecca.

Había vacilado demasiado, por lo que Andreas había sacado la conclusión inevitable.

–Puedo ver la respuesta en tu rostro.

Becca habría jurado que era imposible que su mirada fuera más fría y su expresión más distante, pero lo consiguió.

–Creo que has perdido el tiempo, Rebecca. Deberías haberte quedado en casa y haberte ahorrado el esfuerzo de venir hasta aquí para nada. Puede que pensaras que engañarme haciendo que creyera que habías venido para cuidarme con el fin de lograr colarte en mi cama y volver a esclavizarme sexualmente para que no pudiera negarte nada…

–¡No ha sido así! –protestó Becca, pero Andreas continuó hablando como si no hubiera intentado decir nada.

–Desafortunadamente, he recuperado la memoria antes de que pudieras hacerlo, pero creo que debes saber que has sido tonta pensando que podías intentarlo si quiera. Jamás caigo en ese tipo de trucos.

–Yo no… –intentó decir Becca, pero Andreas sacudió la cabeza, negándose a escuchar.

–Si eres lista, Rebecca, lo dejarás estar. Sólo conseguirás empeorar las cosas si sigues.

Sacando las manos de los bolsillos, se las pasó por el cabello, desordenándolo, y Becca se mordió el labio al sentir un repentino deseo de ir y alisárselo. De nuevo, empezó a hablar mientras se dirigía hacia las puertas de cristal que daban al patio.

–Ya te eché de mi vida una vez por él, y puedo hacerlo otra vez. De hecho, preferiría que te marcharas ahora. Voy a dar un paseo por la playa, y no te quiero ver aquí cuando vuelva.

–Andreas… –Becca trató de detenerle, pero Andreas se movía con tal rapidez y determinación que ya casi estaba fuera.

No podía dejar que se fuera así. Si lo hacía, toda esperanza de salvar a Daisy se habría acabado para siempre, y antes moriría que dejar que eso pasara. Tenía que conseguir que reconsiderara.

–Andreas, por favor…

Pero él continuó avanzando sin ni siquiera mirar atrás. Becca casi podía ver rebotar sus palabras en los invisibles muros de defensa que había levantado a su alrededor.

–Andreas, no… –salió detrás de él al calor de la soleada tarde–. El dinero no es para mí… ni para él… –no se atrevió a pronunciar el nombre de Roy Stanton, al saber el efecto incendiario que tenía sobre Andreas–. Es para un bebé…

Por fin se detuvo. Pero todavía tenía que conseguir que se volviera. En ese momento todavía podía decidir alejarse de ella en cualquier instante.

–Por favor, escúchame.

Despacio, empezó a girarse. Su corazón dio un salto de alivio, dejándola sin aliento y temblorosa.

–¿Un bebé? –dijo con tal escepticismo e incredulidad que Becca casi esperaba que volviera a darle la espalda y siguiera su camino. Pero por el momento, tenía su atención. Tenía que aferrarse a ello y hacerle entender.

–Una pequeña llamada Daisy… está gravemente enferma y…

–¿El bebé de quién? –la interrumpió, mirando su delgada figura de arriba abajo y fijándose en su cintura.

–No, no es mío –se apresuró a asegurarle–. Daisy no es mi hija, aunque la quiero como si lo fuera. Es… es mi sobrina. Y haría lo que fuera por ayudarla.

–¿Sobrina? –repitió Andreas, como si no hubiera en-

tendido la palabra–. *Anepsia?* No tienes ninguna sobrina.

–Sí la tengo… es la niña de mi hermana. Y antes de
digas que no tengo ninguna hermana –se apresuró a
decir Becca al verle abrir la boca para decir algo–, déjame que te diga que sí la tengo. Una hermanastra.
Pero no lo he sabido hasta hace poco –hizo una pausa,
esperando que Andreas hiciera la siguiente pregunta.
Pero se quedó callado con las manos sobre las caderas
y los ojos fijos en su rostro, obviamente esperando a
que continuara–. Ya sabes que soy adoptada. Y que mi
madre biológica sólo tenía dieciséis años cuando nací.
Mis padres me adoptaron cuando era un bebé. Ya te lo
he contado… –dijo, esperando alguna respuesta antes
de seguir. No quería soltar toda la historia mientras él
estaba allí de pie en silencio, retraído y distante como
si un agujero en el suelo de la terraza los separara.

Una débil y breve inclinación de cabeza fue todo lo
que Andreas hizo, y se quedó quieto, esperando a que
Becca continuara.

–He estado intentado localizar a mi madre biológica para ver si tenía familia. Pensaba que era importante saberlo.

No podía decirle que esa búsqueda había adquirido
nuevo significado e importancia desde el momento en
que le había pedido que se casara con él. Que en aquel
momento también había sentido la necesidad de encontrar esa familia para saber si había problemas de
salud que debería tener presentes si Andreas y ella de-
cidían tener hijos. Pero esa preocupación ya no importaba, pensó tristemente.

–Descubrí que mi madre había muerto, y jamás supo
quién era el padre. Pero que tenía una hermanastra,
Macy. Conseguí contactar con ella y reunirme con ella.

–¿Y esto cuándo ocurrió?

Becca, incómoda, se mordió el labio. Sabía que esa pregunta llegaría, pero prepararse para ello no hizo más fácil responderla.

–Justo antes de nuestra boda.

–Ya veo.

Andreas retrocedió un paso, cruzando los brazos en postura distante.

–¿Y no pensaste en decírmelo?

–No podía. Macy tenía… algunos problemas, y me hizo prometer que no se lo diría a nadie.

Macy había insistido tanto en que nadie debía saberlo. Si hubiera dicho una sola palabra, habría perdido a la hermana que acababa de encontrar. Macy acababa de enterarse de que estaba embarazada de Daisy. Y el que hubiera un bebé en camino hacía que fuera más importante.

Y luego Andreas había perdido todo el derecho a saber nada de ella al declarar que nunca la había amado y que se había casado con ella por sexo antes de echarla de la casa.

–Se lo habría dicho a mi marido tan pronto como hubiera podido, pero no lo fuiste el suficiente tiempo.

Andreas se estremeció al lanzarle esa puñalada y, por un momento, la expresión de su rostro cambió, pero sólo para volver a poner en su sitio la expresión pétrea de antes.

–¿Entonces Macy es la madre de Daisy?

–Sí. Y Daisy sólo tiene once semanas…

–¿Y quién es el padre?

Las palabras sonaron extraordinariamente fuerte en medio del silencio del soleado jardín. La pregunta inevitable. La pregunta obvia. Una que eludiría si pudiera. Deseaba poder hacerlo.

–¿Importa? –dijo, nerviosa, sabiendo nada más es-
cucharse que su voz la había delatado al quebrarse, dejando claro que escondía algo.

–Tu mirada me dice que sí –dijo Andreas fríamente–.
Dime, ¿quién es el padre del bebé?

A Becca parecía habérsele quedado rígida la lengua. No podía abrir la boca para responder a Andreas,
ni aunque lo deseara. Cada vez que intentaba decir algo,
veía la oscura expresión de Andreas, una sensación de
temor se apoderaba de ella. Amargas lágrimas empezaron a escocerle en los ojos, y parpadeó con fuerza, intentando contenerlas. Pero sabía que era por el miedo a
lo que pasaría en cuanto hablara. Miedo por Daisy, que
tanto necesitaba la ayuda de aquel hombre y que, probablemente estaría condenada, no por nada que hubiera hecho ella, sino por el simple hecho biológico de
quién era su padre. Y miedo por ella misma, porque temía cómo se iba a sentir si Andreas la rechazaba y de-
saparecía lleno de furia al oír el nombre que tanto le
enfurecía.

Pero sabía que no iba a parar hasta saberlo.

–Becca… –el hecho de que usara su cariñoso apodo
hizo que perdiera la compostura. Las lágrimas que había estado intentando aguantar inundaron sus ojos, y
una se escapó, recorriendo su mejilla.

–No me preguntes… –susurró. Y para su asombro,
Andreas aceptó su súplica y no la presionó más. Pero
sólo porque no necesitaba hacerlo. Su respuesta, los
nervios que no pudo disimular, ya le habían revelado
la respuesta.

–Roy Stanton –dijo directa y llanamente–. El padre
del bebé es Roy Stanton.

Era una afirmación, no una pregunta, a pesar de lo
cual esperaba una respuesta de Becca. Pero todo lo que

pudo hacer ella fue asentir con la cabeza, pues había perdido toda habilidad para hablar.

–Roy Stanton –repitió Andreas con desprecio.

Becca no podía leer la expresión de su rostro a través de las lágrimas que le nublaban la vista, pero no le hacía falta, podía notar su reacción en la voz, en la forma en que escupió su nombre.

Y entonces ocurrió lo que temía que fuera a ocurrir cuando, sin más palabras, Andreas se giró sobre sus talones y se alejó con rapidez y decisión, atravesando la terraza y bajando las escaleras que llevaban del acantilado a la orilla. Su rechazo y hostilidad estaban impresos en cada curva de su cuerpo, y sabía que si intentaba llamarlo para que volviera, se negaría incluso a mostrar que la había oído. Además, no tenía las fuerzas para hacerlo. No sabía qué decir para hacerle cambiar de opinión, e incluso si hubiera sido capaz de pensar en algo, su voz no respondía. Así que, lo único que pudo hacer fue quedarse mirándole a través de las lágrimas hasta que desapareció de su vista.

Capítulo 11

EN LA BAHÍA, la brisa había levantado olas en el mar. El agua se arremolinaba y balanceaba formando picos de espuma, y se arrojaba a la orilla en un torrente antes de retroceder rápidamente arrastrando la arena consigo.

La atmósfera reflejaba el humor de Andreas perfectamente. Y el incansable movimiento del agua reflejaba lo que ocurría en su mente. No conseguía que sus pensamientos se encauzaran, variaban de furia ardiente a helada frialdad y otra vez de vuelta.

Ray Stanton.

Dio una patada en la arena al repetir mentalmente el nombre.

Ray Stanton.

Hacía casi un año que había tenido la esperanza de haber oído aquel nombre por última vez. De que el hombre que le había arruinado la vida y que le había quitado lo más preciado que tenía y lo que más amaba, desapareciera de su vida para siempre.

Entre Roy Stanton y Becca habían destrozado su felicidad, y al echarla de su casa la misma tarde de la parodia de su boda había esperado... rezado por que jamás volviera a ver u oír de ninguno de los dos. Y entonces, había reaparecido ella, pidiendo dinero. Dinero para una niña enferma. Dinero para la niña enferma de Stanton.

Mirar al océano no le estaba ayudando a calmar su

cólera, y Andreas empezó a caminar a paso ligero a lo largo de la orilla, salpicando agua con los pies, y ajeno a las olas que rompían contra sus piernas, empapando el fino tejido de lino de sus pantalones. Necesitaba moverse para expresar sus sentimientos, para aliviar la rabia de su mente y poder pensar.

Había una cosa clara. El bebé era inocente. ¿Cómo podía no ayudar a una niña enferma? Ésa no era la cuestión. Pero Roy Stanton...

Obviamente el egocéntrico bastardo había cambiado a Becca por otra mujer, su hermana, ¡y la había dejado embarazada! Y Becca había llorado al pensar en ello.

Oh, Becca había tratado de evitar por todos los medios mostrar sus lágrimas, pero él las había visto brillar en sus ojos, bajo los párpados que intentaban suprimirlas. Stanton se la había robado, había hecho que rompiera sus votos matrimoniales antes incluso de que los dijera en voz alta en la ceremonia, y después le había roto el corazón yéndose con otra y dejándola embarazada. Y Becca todavía había acudido a él para pedirle ayuda para el bebé. El bebé de su hermana con su ex amante. El estómago le dio un vuelco ante la idea.

Inevitablemente, su mente volvió al momento justo antes de la boda. La última vez que había sido realmente feliz. Cuando su futuro se le presentaba como un glorioso sol naciente en el horizonte. Se iba a casar con la mujer a la que adoraba. Ella era su vida, y le amaba, o al menos eso creía. Unos días más... menos de una semana, y estarían juntos para siempre.

Pero entonces empezaron las llamadas. Llamadas a hurtadillas que hablaban de secretos y mentiras. La voz al otro lado de la línea le había dicho que Becca, su prometida, no era la mujer que pensaba que era.

Que no le amaba y que sólo le estaba utilizando. Que se había casado con él para conseguir tanto dinero de él como pudiera. Dinero que iba a compartir con su verdadero amante… Y por una sustancial cantidad de dinero le revelaría el nombre del amante. Por el momento sólo le daría las iniciales: R.S.

Deteniendo su airada marcha sobre la arena, Andreas miró al horizonte sin ver, con los hombros encogidos y las manos en los bolsillos.

Él se había reído. La verdad era que se había reído. La historia había resultaba tan difícil de creer. Confiaba en Becca. Era imposible que estuviera engañándole. Había colgado el teléfono de golpe, y olvidado que la llamada había tenido lugar… hasta que la carta con la fotocopia del cheque llegó. Un cheque por la cantidad total de dinero que él le había entregado recientemente a Becca para ayudarla a pagar todo lo que necesitara para la boda. La letra del cheque era la de su prometida y estaba a nombre de Roy Stanton.

Fue entonces cuando contrató un detective para llegar al fondo del asunto y averiguar la verdad. Pero el hombre que había contratado le había dicho que no había nada, ninguna evidencia que asociara a Rebecca Ainsworth con Roy Stanton. El origen de las llamadas de teléfono había resultado ser el propio Roy Stanton, quien obviamente había estado detrás de todo aquello.

Fuera cual fuera la cantidad de dinero que Becca le había pagado, obviamente quería más. Pero a Andreas no le importaba el dinero. Tenía más que suficiente. Sólo si las reivindicaciones de que Stanton era el amante de Becca eran ciertas, habría cambiado de planes. Así pues, había dejado el asunto de lado, y había seguido adelante con la boda.

No habría sido humano si no hubiera tenido ninguna duda, ninguna preocupación, pero las había apartado de su mente. Una mirada al rostro de su prometida había sido suficiente para convencerle de que era honesta e inocente, y que estaba tan enamorada de él como él de ella. Estaba ahí, en la forma en que le había sonreído, la forma en que le había mirado a los ojos al decir sus votos. Y en la forma en que había respondido a la habitual pregunta *quieres tomar a este hombre por esposo*…, diciendo:

–Sí quiero, sí quiero, sí quiero…

Al menos eso era lo que había pensado en aquel momento. Lo que había querido creer.

Se había casado con la mujer a la que adoraba, la había llevado a su casa en aquella pequeña isla que había sido propiedad de su familia durante siglos, pensando que podía olvidarse de todo aquello. Apenas había podido mantener las manos apartadas de su novia, y le había hecho el amor apasionadamente tan pronto habían llegado a la casa. Su matrimonio no podía haber empezado de forma más perfecta, había pensado.

Pero entonces habían llegado las fotografías. Los fax estaban esperándole cuando entró en el despacho. Los había enviado el detective. Y no podía ignorar las fotos por mucho que quisiera.

Agachándose, Andreas cogió una piedra y la tiró al mar, observando cómo volaba sobre varias olas y después se hundía en el agua, desapareciendo sin dejar rastro.

Cuando Andreas cuestionó a Becca más tarde sobre Roy Stanton, no fue capaz de negar nada. Su rostro palideció y pudo ver el pánico en sus ojos. No esperaba que lo descubriera. ¿De verdad pensaba que podía esconder la aventura que tenía con otro hombre estando casada con él?

¿Y de verdad pensaba que el dinero que esperaba poder darle a su amante le mantendría a su lado? Porque, obviamente, al volver a casa con el rabo entre las piernas y sin la enorme compensación financiera que esperaban, Roy Stanton se había hartado de ella, y sus ojos habían empezado a irse detrás de otras mujeres. O a lo mejor lo había hecho incluso antes de eso, y Becca había sido engañada todo el tiempo.

¿De verdad le importaba tanto aquel hombre como para volver a la isla y pedirle dinero para su hijo? ¿O era el niño su principal preocupación? ¿Y si ésa era su preocupación entonces por qué… por qué se había acostado con él?

Sólo recordar la experiencia de aquella tarde, la pasión que se había encendido entre ellos, hacía que a Andreas se le acelerara el pulso. Pagaría lo que fuera por volver a repetir esa experiencia. Cualquier precio…

«Daisy no es mi bebé, aunque la quiero como si lo fuera. Es mi sobrina. Y haría lo que fuera para ayudarla». Oyó a Becca en su mente, tan nítidamente como si hubiera estado a su lado susurrándole al oído. «Haría lo que fuera para ayudarla».

–Bien, veamos si es verdad.

Becca no había podido moverse del sitio desde que Andreas la había dejado allí. Parecía petrificada, incapaz de mover las piernas mientras le observaba desaparecer. Y luego se había dejado caer sobre el muro de piedras que bordeaba la terraza al borde del acantilado, y se había cubierto los ojos brevemente con las manos al darse cuenta de que era posible que lo hubiera arruinado todo, de que hubiera destrozado la única posibilidad de Daisy de conseguir ayuda.

No sabía cómo iba a volver y enfrentarse a Macy, lo que le iba a decir a su hermana. Macy estaba encarrilándose, pero otro revés podía arruinarlo todo. El corazón se le encogió, pero las lágrimas que antes habían ardido en sus ojos parecían haber desaparecido, dejando sus ojos secos y molestos.

Y de repente, supo por qué. Lo que había hecho que Andreas se fuera de aquella manera no tenía nada que ver con Daisy. Andreas le había prestado atención mientras le hablaba de Macy y su bebé. Sólo cuando había surgido el nombre de Roy Stanton había cambiado su humor, se había dado la vuelta y se había marchado sin mediar ni una palabra más. A lo mejor todavía había esperanza, y si había alguna oportunidad, no la dejaría escapar.

Había dicho que haría cualquier cosa para salvar la vida de Daisy, y eso haría. Tan sólo rezaba por que Andreas le diera la oportunidad.

El sol se estaba poniendo cuando Andreas volvió de la playa. Apareció por las escaleras del acantilado justo cuando la ardiente bola roja rozó el horizonte, y la silueta de su elevada y potente figura apareció a contraluz, como un demonio saliendo del infierno, haciendo que un escalofrío recorriera el cuerpo de Becca, a pesar de la calidez de la tarde.

Era obvio que había tomado una decisión. Becca podía verlo en su postura, la tensión de sus hombros, las líneas de determinación alrededor de su nariz y sus labios. Había tomado una decisión, y si había decidido en su contra, dudaba que pudiera hacer algo para cambiarlo.

–Todavía estás aquí –dijo a unos metros de ella. Era una afirmación, no una pregunta, y no había manera de valorar su estado de ánimo por su tono de voz, de modo que Becca simplemente asintió con la cabeza.

–Te estaba esperando –dijo en voz baja e insegura.

–¿Por qué?

¿Por qué? Había una respuesta a esa pregunta en su corazón, pero no sabía si arriesgarse a dársela. ¿Pero qué otra opción tenía? Con un profundo respiro, se forzó a decir las palabras, tratando de controlar su voz para sonar más valiente de lo que se sentía.

–Porque sé que, independientemente de lo que pienses de mí… o… –le falló el coraje ante la sola idea de pronunciar el nombre en discordia–, el padre de Daisy, no serás capaz de darle la espalda a un crío. Puede que me odies, pero no dejarás que una criatura inocente muera si puedes ayudarla a vivir.

Becca deseaba poder ver la expresión de su rostro, pero con el sol detrás de él, su rostro quedaba ensombrecido, y sólo podía ver que había cerrado los ojos por un instante.

–Tenemos que hablar –fue todo lo que dijo, y pasó junto a ella hacia la casa, obviamente esperando que le siguiera.

Lo cual, por supuesto, hizo. No tenía otra opción.

En la sala de estar, Andreas encendió una sola lámpara. Con la poca luz del sol que quedaba, se podía uno mover por la habitación, pero no se podía ver todo con claridad. Al mismo tiempo, las sombras de la habitación resultaban reconfortantes, y reflejaban el estado de ánimo de Becca. Sentía como si estuviera avanzando a tientas con la esperanza de llegar al lugar que más deseaba, aunque no supiera en aquel momento cuál era ese lugar.

–Me apetece una bebida –dijo Andreas de repente–. ¿Y a ti?

–Yo… un poco de vino estaría bien –a lo mejor el alcohol la relajaba, le aliviaba la sequedad de garganta y le ayudaba en lo que pensaba que iba a ser la conversación más difícil de su vida, después del horrible enfrentamiento de la tarde del día de su boda. Pero en aquella ocasión le había pillado por sorpresa, sin saber lo que se le venía encima. Ahora estaba extremadamente tensa porque sabía exactamente de lo que tenían que hablar. En ese momento, no podía decir qué situación era peor.

—¿Blanco o tinto?

¿Importaba? Becca sabía que estaba simplemente preparando el terreno. Estaba siendo educado, ofreciendo una bebida, tranquilizándola antes de…

¿Antes de qué? Ésa era la cuestión. La que tenía que responder ahora. Pero no se atrevía a arriesgarse a empujar a Andreas a decir algo que no estuviera preparado para decir. Así que intentó una pequeña sonrisa, y casi lo consiguió.

—Tinto está bien.

—Vuelvo en un momento.

Se ausentó mucho más que un momento. ¿Cuánto se tardaba en encontrar una botella, abrirla y servir una copa? Becca se paseaba por la habitación, sin poder quedarse quieta.

¿Volvería? Justo entonces se abrió la puerta y Andreas volvió a entrar en la habitación. Y en seguida fue como si el mundo se hubiera enderezado de un modo que no tenía nada que ver con la razón por la que estaba allí, la pregunta que esperaba que le contestara.

Lo cierto era que estaba tan enamorada de aquel hombre, que simplemente estar con él en la misma habitación, saber que estaba allí y verlo, era suficiente para ella. Podía ver los reflejos rojizos de la luz del sol del atardecer en su cabello negro y el brillo en sus ojos oscuros a pesar de las sombras en la habitación. Podía oír su suave respiración, y los pasos de sus pies descalzos sobre el suelo de tarima. Y podía oler el fuerte sabor a mar impregnado en su piel y en su cabello del tiempo que había pasado en la playa.

Y pasó de querer acelerar las cosas y querer una respuesta a sus preguntas lo antes posible a desear alargar la confrontación todo lo posible. Acababa de darse cuenta de que probablemente ésa sería la última conversación que tendría con Andreas. La última vez que podría estar con él y hablar. Después, fuera cual fuera su respuesta, cada uno seguiría su propio camino. Ella volvería a Inglaterra con Macy y Daisy, y Andreas se quedaría allí. Y jamás volvería a verlo.

La idea hacía que respirar le resultara tan difícil, que de concentrada que estaba en respirar no oyó hablar a Andreas, incluso al repetir las palabras más fuerte.

—¿Disculpa?

—He dicho que si te gustaría sentarte —Andreas señaló el sofá con una de las copas de vino que sostenía.

—¿No suele decirse en estas ocasiones… es necesario? —consiguió decir en tono de broma. Pero al ver el rostro sombrío de Andreas, todo vestigio de sonrisa, real o simulada, desapareció de sus pensamientos—. ¿Debería? —preguntó con tono de ansiedad.

—Siéntate, Becca —le ordenó Andreas.

Becca se sentó sin atreverse a protestar ante el tono autoritario de Andreas.

—De acuerdo…

Andreas se sentó frente a ella, dejando las dos copas de vino tinto sobre la mesa, y empujando una de ellas hacia ella. Becca tomó la copa y vaciló, mirando la bebida. Tenía la desagradable sensación de que si intentaba bebérselo, la garganta se le cerraría más todavía y escupiría la bebida. Con un débil suspiro, volvió a dejar la copa sobre la mesa.

–Háblame sobre el bebé. Sobre Daisy.

Era la oportunidad que había estado esperando. Pero ahora no sabía por dónde empezar.

Pero Andreas había empleado el nombre del bebé. La había llamado Daisy, de modo que estaba casi segura de que no iba a darle la espalda, cuando se había convertido en una persona real ante sus ojos.

–Tengo una fotografía… está arriba en mi…

Ya se había puesto en pie, ansiosa por ir en busca de la foto y enseñarle a su preciosa sobrina, pero se detuvo al verle sacudir la cabeza, y volvió a sentarse.

–Quiero que me lo cuentes.

Por un segundo, Becca no pudo encontrar las palabras, no sabía por dónde empezar. Entonces, empezó vacilante y, de repente, todo salió como un torrente. Lo reticente que había estado su hermana a admitir que estaba embarazada, la forma en que se había abandonado Macy durante el embarazo…

–Siempre ha estado al borde de la anorexia, y no le gustó nada empezar a engordar por el bebé. Intenté que comiera, pero siempre decía que estaba demasiado gorda. Nunca comía suficiente para mantenerse sana, y menos aún al bebé. Y luego, se le adelantó el parto. Daisy fue un bebé prematuro… –al recordar el pequeño pedacito de persona que era el bebé al nacer, se le atragantaron las palabras–. Consiguieron salvarla, pero tiene problemas de corazón. Nos dijeron que la operación que necesita no la hacen en Inglaterra… es demasiado nueva y especializada. Antes, los bebés como ella morían… nadie podía hacer nada por ellos. Pero hay un cirujano en América que ha hecho milagros con bebés como ella. Si pudiéramos conseguir que la operara.

–Y para eso necesitas dinero.

Becca asintió en silencio. Describir con palabras la situación apremiante de Daisy le había recordado lo desesperada que era la situación, lo frágil que podía ser la vida de la pequeña.

–¿Y es por eso por lo que has venido? –preguntó con un tono que no pudo interpretar.

–Te… te escribí sobre el tema –dijo ella, y Andreas asintió despacio.

–Ahora lo recuerdo… una carta que llegó justo antes del accidente. Todavía no recuerdo aquellos días con claridad –frunció el ceño ligeramente y se frotó las sienes, obviamente tratando de recordar cosas de antes del accidente–. Recuerdo mejor el pasado lejano. Pero creo que te envié una respuesta.

–Sí. Me dijiste que me pusiera en contacto con tu abogado… que escribiera exactamente lo que necesitaba y por qué, y que considerarías mi petición.

De nuevo frunció el ceño, pero de forma más pronunciada.

–¿Entonces qué haces aquí? ¿Por qué no lo hiciste?

–Porque… –empezó Becca, y se detuvo cuando registró mentalmente algo que Andreas había dicho antes.

«Todavía no recuerdo aquellos días con claridad… Recuerdo mejor el pasado lejano».

¿Acaso no recordaba que había preguntado por ella? Era la razón por la que estaba allí. Una razón que había decidido que debía de ser imaginación de Leander, puesto que nada en el comportamiento de Andreas parecía encajar con lo que le había dicho.

Pero si no recordaba…

–¿Por? –insistió Andreas.

Inclinándose hacia delante, Becca cogió su copa de vino y tomó un trago. Suficiente para aclararse la mente.

–Porque pensé que sería mejor explicarte la situación cara a cara. Al menos te merecías eso si ibas a ayudarnos.

—Pero cuando llegaste, descubriste que no recordaba tu carta… ni a ti.

—Y te dejé pensar que nunca nos habíamos separado. Lo siento. No se me ocurrió ninguna otra cosa.

Andreas no parecía estar escuchando. Se había metido una mano en el bolsillo del pantalón, y sacó un trozo de papel doblado. Lo tiró sobre la mesa junto a la copa de vino de Becca.

—¿Qué es? —Becca miró a Andreas, confusa.

—Ábrelo y mira.

Becca cogió el papel con manos temblorosas, y lo abrió con dificultad. Pero no pudo encontrar pies y cabeza al contenido. Incluso sujetando el documento bajo la luz de la lámpara no tenía sentido, y las palabras y figuras bailaban frente a sus ojos.

—¿Qué es esto?

—Instrucciones para mi banco. Les acabo de enviar un fax. Te darán todo el dinero que necesites.

—Lo que necesite…

Becca no podía creerse lo que estaba escuchando. ¿Era real? ¿Le había dicho Andreas que…?

—¿Vas a ayudarme?

—Siempre he dicho que te daría todo el dinero que necesitaras.

—¡Oh, gracias!

Deseaba bailar de alegría, arrojar los brazos al cuello de Andreas y besarle…, pero una prudente mirada a la oscura expresión de su rostro le hizo pensárselo mejor. En su lugar, tendió los brazos sobre la mesa y tomó las manos de Andreas entre las suyas con firmeza.

—¡Gracias! ¡Muchas gracias!

—Es un placer.

Las palabras decían una cosa, pero la expresión en aquellos brillantes ojos negros y la forma en que apartó sus manos de las suyas decían algo completamente distinto, y la euforia de Becca se evaporó cuando Andreas se levantó y se apartó.

Claro... estaba dispuesto a ayudar a Daisy, no a ella. Aunque había dicho algo...

Pero antes de poder comprender lo que había dicho, Andreas habló de nuevo, y sus palabras desplazaron otros pensamientos de su mente.

–Ahora tienes lo que buscabas...

Había conseguido lo que buscaba, y ahora querría que se fuera. No parecía haber mucha esperanza de poder hacer las paces. Le había dado el dinero que necesitaba, y no le iba a ofrecer nada más.

–Claro.

Se puso en pie apresuradamente, negándose a que la angustia de su corazón se reflejara en el rostro. Puede que por dentro estuviera viniéndose abajo ante su fría actitud de rechazo, pero estaba decidida a no mostrarlo por fuera, y mostrarse tan dinámica y profesional como fuera posible.

–Me marcharé. Si me das un momento para hacer las maletas, me iré enseguida. Y si puedes llamar a un taxi...

–No –dijo fríamente–. No. No va a ocurrir así.

–¿No?

El sol casi se había puesto en el horizonte, y la habitación estaba tan oscura, que apenas podía verle la cara. Pero un último rayo de luz se reflejó en sus vidriosos ojos y la tensa mandíbula. No había ninguna ternura en absoluto en él, y su corazón se acobardó ante lo que iba a decir.

–No, no te vas.

Fue tan inesperado, que casi se echó a reír. Pero logró controlarse con un esfuerzo para no mostrar su expresión de asombro.

–Claro que sí –tenía que volver a casa para darle a Macy las maravillosas noticias y encargarse de que el hospital pusiera las cosas en marcha–. No puedo creer que quieras que me quede –pestañeó, anonadada ante el gesto de Andreas desechando su protesta con la mano.

–Ahí te equivocas, *agape mou*. Deseo profundamente que te quedes.

–¿Pero por qué?

–Oh, Becca, Becca… –dijo con un tono suave que provocó en Becca un cosquilleo a lo largo de su espina dorsal–. ¿Eres tan ingenua, que tienes que preguntarme por qué? Sabes por qué te quiero aquí y lo que quiero de ti.

Y claro que lo sabía.

–Sexo –dijo, consiguiendo que Andreas frunciera el ceño.

–Prefiero llamarlo pasión.

–Puedes llamarlo como quieras –el dolor que se apoderaba de su corazón hizo que su voz se tornara dura por el esfuerzo por contener las lágrimas–, pero te refieres al sexo y… –la voz le falló al procesar la terrible verdad–. ¿Se trata del dinero? ¿Es eso lo que pides a cambio de ayudar a Daisy? ¿Son las condiciones del préstamo? ¿Es lo que tengo que hacer para asegurar su operación quirúrgica?

Supo que se había equivocado tan pronto terminó de pronunciar las palabras. Ni siquiera las sombras de la habitación pudieron conciliar el modo en que Andreas echó la cabeza hacia atrás, y el silbido de aire entre los dientes.

–¿Qué clase de bruto crees que soy?

El tono de ira en la voz de Andreas hizo que a Becca se le helara la sangre. No había lugar para dudar de la sinceridad de sus palabras. Pero era demasiado tarde, Becca ya no podía retirar las palabras.

Andreas agarró a Becca por la muñeca y la atrajo bruscamente hacia sí.

—Tu hermana y su hija, el dinero para la operación... dinero que es un regalo, no un préstamo... ya está liquidado. Puedes llamar a tu hermana y al hospital para decirles que lo organicen todo, y ya se acabó ese asunto. *Esto* es entre tú y yo. Y no hay nada acabado entre tú y yo.

—Pero... —Becca intentó interrumpir, pero Andreas ignoró su débil intento por hablar.

—Dejé que te fueras demasiado fácilmente la última vez, y llevo arrepintiéndome de ello desde entonces. Nunca he conseguido borrarte de mi mente. Has ensombrecido mis días y atormentado mis sueños, y lo de esta tarde me ha recordado el por qué tienes este efecto en mí. Y me ha enseñado que una sola vez jamás será insuficiente. Quiero mucho más.

Becca escuchó en aturdido silencio, luchando contra los ambiguos sentimientos que las palabras despertaban en ella. Deberían ser un cumplido para ella. Lo que toda mujer deseaba que el hombre que amaba le dijera. Pero sabía lo que quería decir en realidad, y eso destrozaba toda alegría que pudiera derivarse de aquellas palabras.

«Dinero puedo darte, pero nada más», le había dicho anteriormente. Y ahora, ahí estaba, ofreciéndole nada más que la frívola pasión que sentía por ella, el puro deseo corporal que admitía ser todo lo que sentía.

—Y sé que tú también lo sientes. Por eso quiero que

te quedes. Haré que merezca la pena. Te daré todo lo que quieras, todo.

«Tengo la reputación de ser generoso con mis amantes». Becca recordó las palabras que había pronunciado afuera, en la piscina, unas horas antes. Eso era todo lo que sería, una amante. Su esposa de nombre, pero su amante en la práctica. Como esposa, podía ser amada, apreciada y respetada, y podía guardar la esperanza de permanecer a su lado de por vida. Pero como amante…

—¿Cuánto tiempo? –la voz le falló al final–. ¿Cuánto tiempo quieres que me quede?

—El tiempo que dure. Mientras funcione. Mientras los dos estemos contentos con lo que obtenemos de la relación… no veo por qué no puede durar…

—¿Hasta que nos saciemos?

Becca rogó por que la voz falsamente despreocupada ocultara la agonía que le exprimía el corazón. Jamás obtendría lo que quería de aquello. Jamás. Porque lo que quería era que Andreas la amara tanto como ella lo amaba a él. Y mientras ella le había entregado su corazón sin vacilación ni limitaciones casi desde la primera vez que se vieron, y de nuevo ahora al darse cuanta de lo que lo adoraba todavía, no guardaba ninguna esperanza de que su adoración fuera correspondida. Sin embargo, su cuerpo y su estúpido y débil corazón le pedían a gritos que aceptara lo poco que le ofrecía. Era mejor que nada. Mejor que tener que darse la vuelta y marcharse, sabiendo que si lo hacía no habría esperanza de que la dejara volver a entrar en su vida.

No podía hacer eso. Ya había tenido que alejarse de él una vez, y el momento en que le cerró la puerta en las narices casi acabó con ella. No podía hacerlo otra vez.

«Me casé contigo por sexo, nada más», recordó. Así, cuando una débil voz en su interior le susurró que Leander le había dicho que Andreas había preguntado por ella al recuperar la consciencia… había preguntado por ella y quizás… desechó el pensamiento y se obligó a enfrentarse a la realidad de lo que le estaba ofreciendo.

Era sexo lo que quería de ella, y lo único diferente ahora era que ella ya no se hacía ilusiones. Ya no se engañaba con la ilusión de que Andreas la quisiera. Sabía perfectamente cuál era su sitio.

En ese momento, el sol por fin se hundió en el horizonte, y los últimos rayos de sol desaparecieron de la habitación, de modo que sólo quedaba la luz de la pequeña lámpara de la esquina. Y en medio de la oscuridad era fácil esconder sus sentimientos.

En la oscuridad pudo dar un paso hacia delante y olvidarse completamente en los brazos de Andreas. Con su rostro y sus ojos ocultos pudo poner su mano sobre su pecho, susurrar su nombre, la palabra *sí*, y levantar el rostro hacia él para recibir un beso.

Y cuando sus labios se abalanzaron sobre ella, todos los pensamientos cesaron, y empezaron los sentimientos. Ninguna otra cosa importaba. Sólo aquel hombre… el tiempo que durara. Lo aceptaría. Y jamás se permitiría soñar con más.

Capítulo 12

LA LUZ de la luna llena se filtraba por la ventana de la habitación, haciendo que la habitación estuviera casi tan clara como de día y, finalmente, Andreas se dio por vencido y se levantó de la cama. Se puso los vaqueros, se quedó mirando a Becca, que yacía en la cama con el rostro casi enterrado en la almohada y el cuerpo todavía curvado, como cuando estaba pegado al suyo.

Estaba completamente dormida, exhausta y ajena a todo. La ardiente pasión entre los dos había dominado toda la noche. Cada clímax más potente que el anterior. Jamás en su vida había experimentado tal placer en el cuerpo de otra persona, en la gratificación que podía proporcionar a cada uno de sus sentidos. Sólo el agotamiento había conseguido que cesara esa pasión. El agotamiento que había empujado a Becca a la inconsciencia del sueño, dejándole a él despierto, mirando al techo mientras la luna salía por el horizonte.

Al principio, no había logrado comprender por qué no podía encontrar el descanso que necesitaba en el sueño. Su cuerpo estaba saciado, el clamor de sus sentidos, aliviado por el momento, pero era su mente la que no le dejaba descansar.

No dejaba de reproducir una y otra vez una parte de la conversación que había tenido con Becca hacía unos días y que era la razón de la intranquilidad que sentía.

–¿Cuánto tiempo? ¿Cuánto tiempo quieres que me quede?

–El tiempo que dure. Mientras funcione. Mientras los dos estemos contentos con lo que obtenemos de la relación… no veo por qué no puede durar…

–¿Hasta que nos saciemos?

El problema era que dudaba que jamás pudiera saciarse de Becca, por mucho que lo intentara. ¡Y Dios sabía cuánto lo había intentado!

Hacía ya una semana que había aceptado quedarse, y cada día parecía que su apetito por ella, en lugar saciarse, aumentaba hasta el punto de que no había un solo momento del día, ni un segundo de la noche, incluso cuando conseguía dormir, en que sus pensamientos no estuvieran centrados en ella. Era peor que cuando la había echado el día de su boda. Pero al menos entonces su ausencia, la ausencia de sus caricias y de sus besos, ayudaban a que no tuviera que recordar constantemente su belleza, el tacto de su piel, su sabor. Ahora que estaba siempre presente, sus sentidos estaban permanentemente en alerta roja y sentía un ardiente deseo incluso en los momentos de mayor satisfacción.

Si hubiera sabido que sería así, hubiera vacilado al pedirle que se quedara. Debería haberse dado cuenta entonces de que aquello nunca tendría fin para él, que lo único que iba a conseguir volviendo a aceptarla en su vida, sabiendo que algún día volvería a marcharse, era arriesgar su tranquilidad y salud emocional.

Había parecido tan decidida a marcharse nada más conseguir el dinero que necesitaba. Fue cuando se puso en pie, casi para irse directa a la puerta, cuando se dio cuenta de que no podía dejar que se marchara. De modo que casi le ordenó que se quedara.

«Para teneros y abrazaros hasta que la muerte os separe». Las palabras de la ceremonia le persiguieron al dirigirse a su despacho, pero las apartó, negándose a dejar que se infiltraran en sus pensamientos, pues no había ningún *hasta que la muerte os separe* con Becca. Lo había dejado claro hacía un año, cuando se había casado con él simplemente por su dinero, al tiempo que mantenía un apasionado romance con Roy Stanton.

Pero ahora que Stanton estaba fuera de escena... porque estaba fuera de escena, ¿no? Debía de estarlo ahora que había sido el padre de la hija de su hermana.

Roy Stanton. El nombre le sabía amargo, haciendo que tuviera ganas de escupir mientras abría el último cajón de su escritorio.

La carpeta seguía allí. Mil veces había deseado sacar los documentos de la carpeta, romperlos y quemarlos, pero nunca había llegado a hacerlo. Aquella noche sentía que podía hacerlo. Tenía que hacerlo si quería tener alguna esperanza de olvidarse de ello y seguir avanzando hacia delante.

Dejó la carpeta sobre la mesa y la abrió. Bajo la luz de una lámpara, se quedó mirando las fotografías. Hacía un año que no las miraba, y todavía tenían el efecto de un puñetazo en el estómago. No conocía al hombre, aunque el detective que había contratado le había dicho que era Roy Stanton. Y el rostro de la mujer estaba oculto, de modo que podía ser cualquiera. Había intentado convencerse de que el detective se había equivocado, que no era Becca. Pero el anillo en su mano no daba lugar a equivocaciones.

Aquel anillo había sido entregado en los esponsales de sus tatarabuelos, y él lo había heredado para entregárselo a su futura esposa. Se lo había puesto a Becca en el dedo al acceder a casarse con él.

–¿Qué es eso?

La pregunta hizo que se diera la vuelta, sobresaltado. Becca estaba en el umbral de la puerta, con el rostro pálido, los ojos bien abiertos y el camisón de algodón blanco todavía flotando a su alrededor como resultado del movimiento, haciendo que pareciera un espíritu etéreo que habitara en la casa.

–Nada importante.

Su respuesta hubiera sido más convincente si no hubiera sido tan inmediata y claramente defensiva. La forma de hablar y la mirada de aquellos oscuros ojos delataron que lo que hubiera en aquella carpeta que tenía delante estaba lejos de ser *nada importante*.

–Sólo algo que pensaba tirar.

–¿A las tres de la mañana?

–No podía dormir.

–Yo tampoco… después de que dejaras la cama.

Por supuesto, aquello no era verdad. No sabía cuánto tiempo había pasado tumbada oyendo a Andreas dar vueltas unas veces y demasiado quieto otras, esforzándose por no despertarla. No sabía qué era lo que le impedía conciliar el sueño, y no se había atrevido a preguntar.

¿Y si la semana de satisfacción sexual había sido suficiente? ¿Y si ya se había hartado? ¿Se había enfriado su ardor tan rápido que no podía dormir pensando en cómo decírselo?

Pero trató de convencerse de que si fuera ésa la causa de su insomnio, se lo diría directamente, sin vacilar, sin pintárselo de rosa. Pero saberlo no la había tranquilizado. Por el contrario, había empeorado las cosas. Si no estaba pensando en la forma de decírselo, ¿qué otra cosa podía pasarle por la cabeza para no poder dormir?

Con el otro lado de la cama enfriándose por segun-

dos, Becca no pudo quedarse donde estaba. La sensación le recordaba demasiado a la sensación cuando,
después de volver a casa, en Inglaterra, tras el desas-
troso día de su boda, había intentado dormir en la cama
que una vez había compartido con Andreas, sabiendo
que jamás volvería a acostarse con él otra vez. Así pues,
se había puesto el camisón y había bajado las escaleras
detrás de Andreas.

Pero ahora deseaba no haberlo hecho. La reservada
y tensa expresión de Andreas le preocupaba bastante
más que su agitación. Algo no encajaba y no sabía lo
que era.

Y compartir el espacio de la habitación con él de
ese humor le traía recuerdos del enfrentamiento en la
noche del día de su boda.

—Entonces debería llevarte de vuelta conmigo. Seguro que se me ocurre una forma de ayudarnos a los
dos a dormir —lo dijo suave y casi convincentemente.
Pero sus nervios estaban en estado de alerta e hiper-
sensibles a todo detalle relacionado con Andreas. Se
dio cuenta de la ligera irregularidad de su voz y del rápido movimiento de ojos hacia la carpeta sobre la mesa
y de nuevo hacia otra parte.

En aquella noche hacía un año, también había habido una carpeta sobre la mesa. De hecho, le parecía la
misma carpeta.

—¿Qué es eso?

—Negocios…

Intentó cerrar la carpeta pero, alertada por su tono
de voz, Becca llegó antes y la agarró, haciendo que el
contenido saliera volando y cayera al suelo.

—Oh, lo siento… deja que… Oh…

De rodillas junto a la mesa, Becca se quedó helada
al ver las fotografías que tenía entre las manos.

–¿Quién es esa persona que está con Macy? ¿Y por qué tienes una fotografía de mi hermana?

–Dámelas…

Andreas se había agachado junto a ella, tratando de recoger las fotos, y también se quedó helado al ver la confusión de Becca.

–¿Qué acabas de decir?

–¿Quién es éste?

–No, el resto… ¿Quién está con…?

–¿Con Macy? Si lo que quieres es el nombre del hombre, entonces no puedo…

–¿No le reconoces?

–No… yo… Andreas, ¿qué es esto? ¿A qué te refieres? ¿Qué es esta foto?

Él no contestó, simplemente extendió la mano para tomar las fotos de las manos de Becca. Entonces le tendió la otra mano y la ayudó a levantarse. Todo en medio de un silencio absoluto. Una vez de pie, esparció las fotos sobre la mesa y enfocó la luz de la lámpara directamente sobre ellas. Y esperó.

Se trataba de algo importante. No hacían falta palabras para darlo a entender. El silencio de Andreas y aquella postura de cautela quería decir que tenía que darle las respuestas acertadas… pero ¿cuál era la respuesta correcta? Sólo había una posibilidad, y era decir la verdad.

–No sé qué quieres que te diga, Andreas, pero te diré lo que veo.

Tocó ligeramente la foto, señalando con el dedo la imagen de la delgada mujer morena.

–Ésta es Macy, mi hermanastra, y el edificio que hay detrás de ella es donde tiene su piso. O mejor dicho, donde tenía su piso. Cuando descubrió que estaba embarazada se mudó conmigo y… –su voz se desvaneció al caer en la cuenta, de repente, de cuándo debió de tomarse aquella foto que estaba mirando.

–¿Quieres decir que este… –con un gesto de la mano señaló al hombre de la foto, de mediana estatura y delgado, y de cara bonita pero aniñada– es Roy Stanton?

Y en aquel momento supo que algo había cambiado, porque al mirar a los ojos de Andreas mientras hablaba, ya no vio la ira ni la hostilidad que la mención de aquel nombre solía crear, sino una expresión de asombro. Y casi podría haber jurado que había nuevas sombras bajo sus ojos, dándole un aspecto agotado.

–¿Cómo sabes que es tu hermana? No puedes verle la cara.

–No, pero conozco la camiseta que lleva puesta… y los zapatos. A Macy le encantan los tacones altos… los más altos que pueda encontrar. Claro que, por la espalda casi podría ser yo, pero hay… –se quedó sin habla al darse cuenta del efecto que sus palabras causaron en Andreas, cuya mirada estupefacta se había transformado en una de horror–. ¿Es eso lo que pensabas, Andreas? ¿Es eso lo que te dijeron?

Miró una vez más la fotografía, viendo lo que él debía haber visto al decirle alguien que la mujer de la foto era ella.

Una mujer que se había lanzado a los brazos del hombre que la acompañaba… Roy Stanton. Le había rodeado el cuello con los brazos, y tenía una mano casi enterrada en su cabello claro mientras lo besaba con pasión. *Casi* sumergida. Porque había un dedo que se podía ver claramente, y en ese dedo había…

–¡Mi anillo!

–Perdóname.

Las palabras sonaron casi al unísono y, por un segundo, Becca no pudo procesar lo que él acababa de

decir. Pero él volvió a hablar, y esa vez no pudo malin-
terpretar sus palabras.

–Perdóname por haber dudado de ti. Por pensar que
podías ser tú. Por creer que podías ser capaz de casarte
conmigo por lo que podías sacarme cuando en realidad
estabas… –se ahogó al final de la frase, demasiado
emocionado para seguir.

–¿Fue eso lo que te dijo que había hecho? Oh, Andreas, sabía que era malvado, pero jamás pensé que
iría tan lejos.

El corazón le palpitaba de la conmoción. Extendió
el brazo y lo puso en el pecho de Andreas. Por un momento él no mostró ninguna reacción, quedándose
completamente quieto y en silencio, pero luego sus dedos rodearon los suyos, agarrándolos con firmeza.

–Dime una cosa –dijo suavemente.

–Primero déjame que diga algo.

Necesitaba saberlo. Tenía que preguntar. Y la respuesta a esa pregunta significaría tanto para ella.

–¿Realmente ibas a deshacerte de estos papeles?

La respuesta estaba allí, en la expresión de asombro
de su rostro. No le hacía falta nada más, pero él le dio
una respuesta.

–Sí –dijo con voz firme y segura–. Sí, los iba a romper y quemarlos. Y luego…

Pero Becca le paró, presionando suavemente un dedo
sobre sus labios.

–Más tarde –susurró, mirándole a los ojos, tratando
de convencerle de que habría un después… un momento mucho mejor y más feliz para decir lo que tuviera que decir sin vacilaciones ni dudas.

–Deja que te hable de mi hermana. La hermana sobre la que debía haberte hablado antes –sabía que le
había dolido que no lo hiciera, que no confiara en él lo

suficiente. Que hubiera temido tanto perder a la única familia de sangre que tenía, que había preferido ocultarle su existencia. Si hubieran permanecido juntos más tiempo, se lo habría dicho.

Y ahora podía contarle todo, sin las limitaciones que Macy le había impuesto cuando se conocieron. Ya no había ninguna necesidad de secretismo. Podía ser tan transparente como quisiera. Así pues, empezó a contarle la historia de cómo había intentado encontrar a su madre biológica, descubriendo que había muerto hacía seis meses. Pero que había una hija, la hermanastra de Becca.

–Macy apenas había cumplido los diecinueve, y su vida era un completo desastre. Tenía malas compañías, había tenido problemas con la ley… tomaba drogas. Me hizo darme cuenta de lo afortunada que había sido con mis padres adoptivos, de lo diferentes que habían sido nuestras vidas… y le rogué que me dejara ayudarla. Me prometió que si no la abandonaba, si la ayudaba, intentaría enderezarse. Pero para hacerlo, tenía que alejarse de todas las personas que conocía. Me hizo prometer que no le diría a nadie quién era ni dónde estaba. De lo contrario, desaparecería y no volvería a verla jamás. Había un hombre en particular, al que le debía dinero. Mucho dinero –hizo una pausa para reunir las fuerzas para mencionar el nombre, pero no hizo falta, porque Andreas se le adelantó.

–Roy Stanton.

–Sí. Habían salido juntos, y ella estaba locamente enamorada de él y hubiera hecho cualquier cosa por él. Fue él quien la enganchó a las drogas, y cuando a ella se le acabó el dinero para comprarlas, él le prestó lo que necesitaba… pero a un tipo de interés ruinoso. Su deuda aumentó hasta el punto de que no había manera de que pudiera pagarla.

—Entonces, la pagaste tú con el dinero que te di.

Becca asintió.

—Lo siento… —empezó, pero Andreas la detuvo con un gentil movimiento de cabeza.

—No, no lo sientas, era lo único que podías hacer. Lo comprendo. Pero, oh, Becca, *agape mou*, ¿nunca pensaste en lo que podía ocurrir? Las ratas como Roy Stanton nunca se quedan satisfechas, ni cuando les devuelves lo que les debes. Siempre quieren más. Y si una fuente se seca, encuentran otra vía para conseguir lo que quieren.

Buscando entre las fotografías, encontró otro documento y se lo mostró a Becca. Ella se quedó mirando la fotocopia del cheque que había extendido para cancelar la deuda de Macy.

—*Él* te lo dijo… pero tú dijiste que…

—Te dije que contraté un detective, y lo hice —dijo con tono sombrío—. Quería exculparte… por nuestro bien… para que jamás hubiera lugar a dudas. Pero no era el dinero lo que me preocupaba, podías tener todo lo que quisieras y más. Lo que me importaba era el resto…

—El resto… —repitió Becca, sintiendo cómo se le paraba el corazón. Había llegado el momento, y Becca no estaba segura de querer saber lo que se aproximaba—. ¿Qué dijo, Andreas? ¡Dímelo! —mientras hablaba, oyó en su interior las palabras que había pronunciado anteriormente.

«Perdóname por creer que podías ser capaz de casarte conmigo por lo que podías sacarme cuando en realidad estabas…».

—Te dijo que éramos amantes.

Ahora lo veía todo claro. Era el tipo de cosas que Roy Stanton era capaz de hacer. Una vez pagada la deuda de Macy con el dinero de Andreas, Roy debió pensar que había descubierto un filón de oro, y pasó del negocio de las drogas a otro más pequeño y rentable, la extorsión.

–Creo que sé cuándo fue tomada esta fotografía –dijo Becca, despacio–. Fui a ver a Macy, y al ir al baño me quité el anillo para lavarme las manos. Accidentalmente, lo dejé allí sobre el lavabo. Recuerdo que cuando quise volver a buscarlo, Macy no me dejó entrar… estaba aturullada y claramente avergonzada. Obviamente había alguien en el piso, pero jamás pensé que… –Becca enfocó la mirada en la foto de su hermana. En la mano que estaba medio escondida en el cabello de Stanton–. Estaba obsesionada con él… nunca podía decirle que no. Pero sabía lo que yo iba a pensar, así que intentó mantenerle escondido. Cuando le pregunté por mi anillo… ¡se lo sacó del dedo! Se lo había encontrado en el baño y se lo había probado.

–Y ése fue el día en que el detective los vio juntos –Andreas continuó la historia–. Yo pensaba que había hecho lo que esperaba… que no había encontrado evidencia, concluyendo que eras totalmente inocente. Así pues, me casé contigo y te traje aquí. Pensaba que estábamos libres de todo ello… pero las fotos estaban esperándome en el despacho cuando entré.

El horror de aquel momento estaba impreso tan claramente en sus facciones, que el corazón de Becca se retorció, reflejando el dolor que él debía haber sentido.

–Y yo pensaba que sólo se trataba de dinero… Andreas, ¿por qué no me enseñaste las fotos?

Vio la respuesta en su mirada de dolor hacia las fotografías, reflejando el dolor que había sentido al verlas por primera vez.

–Porque no podía soportar hacerlo. Quería que creyeras que se trataba del dinero. No podía enseñarte las fotos. No podría haberme quedado ahí de pie mientras las mirabas sabiendo que me habías roto el corazón con tu traición. Pensando que amabas a otro –sacudió la cabeza con desesperación ante los recuerdos–. Quería que te fueras pensando que te odiaba, sin saber lo mucho que te amaba, pues a pesar de todo todavía te amaba más allá de lo imaginable.

–¿Amabas? –al hacer la pregunta se le crispó cada nervio de su cuerpo ante el temor de no escuchar lo que más deseaba escuchar en el mundo.

Pero Andreas no vaciló.

–Amo –dijo clara y orgullosamente, y con una mirada brillante de emoción–. Todavía te amo, Becca, y siempre te amaré. No puedo hacer otra cosa. Te llevo en mi corazón y en mi alma. Eres parte de mí. Contigo estoy completo. Sin ti soy la mitad de un hombre.

–Y yo te quiero a ti, mi amor. Tú eres mi otra mitad –la voz se le quebraba con cada palabra, y no pudo seguir. Pero tampoco hizo falta. Andreas la envolvió entre sus brazos, y su beso fue todo lo que necesitó para saber que no hacía falta decir nada más. No había palabras para describir el amor que había en ese beso. Un amor que era suyo ahora y para siempre.

–Entonces dime –susurró cuando, a salvo en sus brazos, tuvo oportunidad de volver a hablar–. Después de romper esos documentos, ¿qué ibas a hacer?

La sonrisa de Andreas cuando le miró a los ojos era de puro placer.

–Iba a subir para despertarte suavemente. Y entonces pensaba rogarte que empezáramos de nuevo. Pensaba decirte que no pudo vivir sin ti. Que incluso cuando te cerré la puerta de golpe aquel día, sabía que había cometido un terrible error, el peor de mi vida, pero que pensaba que ya era demasiado tarde para arrepentirme. Que has estado en mis pensamientos cada día desde que te fuiste. Que fuiste la primera persona en la que pensé cuando recuperé la consciencia tras el accidente.

—Lo sé, Leander me dijo que habías preguntado por mí. Por eso es por lo que vine. Y al llegar descubrí que habías perdido la memoria.

—Puede que fuera un mecanismo de defensa. Dicen que uno no pierde la memoria, simplemente, no quiere recordar lo que ha pasado. Puede que quisiera olvidarme de lo estúpido que había sido al dejarte marchar.

Una vez más, apretó los brazos a su alrededor y volvió a darle un prolongado y cariñoso beso que hizo que la cabeza le diera vueltas.

—Pero nunca más —le susurró Andreas al oído—. Jamás dejaré que te vuelvas a marchar. Te quiero a mi lado todo el día y todos los días para poder pasarme el resto de la vida amándote como te mereces. Para poder demostrarte que eres la única mujer para mí.

—Y tú eres el único hombre que jamás pueda desear —suspiró Becca—. Mi esposo, mi media naranja, mi amor para siempre.

Bianca™

En lo más profundo de la selva brasileña había un hombre que lo tenía todo: un negocio millonario y amantes que acudían siempre que él lo deseaba…

Rafael Oliveira no tenía tiempo para mujeres, pues no había conocido a ninguna que no fuera falsa y peligrosa.

Grace Thacker era joven e inocente. Había acudido a Rafael con el propósito de salvar su negocio y tenía sólo diez minutos para convencer al despiadado brasileño de que la ayudara… Diez minutos en los que tendría que decidir si marcharse y perderlo todo… o saldar sus deudas en la cama.

La jungla del deseo

Sarah Morgan

Acepte 2 de nuestras mejores novelas de amor GRATIS

¡Y reciba un regalo sorpresa!

Oferta especial de tiempo limitado

Rellene el cupón y envíelo a

Harlequin Reader Service®
3010 Walden Ave.
P.O. Box 1867
Buffalo, N.Y. 14240-1867

¡Sí! Por favor, envíenme 2 novelas de amor de Harlequin (1 Bianca® y 1 Deseo®) gratis, más el regalo sorpresa. Luego remítanme 4 novelas nuevas todos los meses, las cuales recibiré mucho antes de que aparezcan en librerías, y factúrenme al bajo precio de $3,24 cada una, más $0,25 por envío e impuesto de ventas, si corresponde*. Este es el precio total, y es un ahorro de casi el 20% sobre el precio de portada. !Una oferta excelente! Entiendo que el hecho de aceptar estos libros y el regalo no me obliga en forma alguna a la compra de libros adicionales. Y también que puedo devolver cualquier envío y cancelar en cualquier momento. Aún si decido no comprar ningún otro libro de Harlequin, los 2 libros gratis y el regalo sorpresa son míos para siempre.

416 LBN DU7N

Nombre y apellido	(Por favor, letra de molde)

Dirección	Apartamento No.

Ciudad	Estado	Zona postal

Esta oferta se limita a un pedido por hogar y no está disponible para los subscriptores actuales de Deseo® y Bianca®.
*Los términos y precios quedan sujetos a cambios sin aviso previo.
Impuestos de ventas aplican en N.Y.

SPN-03 ©2003 Harlequin Enterprises Limited

Hacia el altar

Jessica Hart

HARLEQUIN *Jazmín*

Hacia el altar
Jessica Hart

Quizá hubiera contratado a su futura esposa...

La dicharachera Lucy West siempre se había creído capaz de enfrentarse a todo. Pero entonces conoció al irresistible y carismático empresario Guy Dangerfield, que la retó a encontrar, por una vez, un verdadero trabajo.

Empeñada en demostrar que podía hacerlo, Lucy aceptó una oportunidad estupenda... ¡la de trabajar para él! Lucy no tardó en prosperar en su nuevo trabajo... y todo era gracias a su atractivo jefe, para el que siempre tenía una sonrisa y quien tal vez le propusiera matrimonio...

Deseo™

El engaño del príncipe

Emilie Rose

La estadounidense Madeline Spencer llegó a Mónaco con el sueño de tener una aventura amorosa y el atractivo y misterioso Damon Rossi era el candidato perfecto para ello. Aquellas noches de pasión descontrolada dejaron a Madeline sin aliento… pero con ganas de más. Y entonces descubrió que su increíble amante era en realidad un príncipe. Entre sus planes no figuraba el convertirse en la querida de un miembro de la realeza, aunque lo cierto era que podría acostumbrarse a una vida llena de lujos y mimos… Pero no imaginaba que su guapísimo príncipe estaba prometido con otra mujer.

Aquel hombre no era en absoluto lo que ella creía…